SOMMER IN LOCHGUARD

Die Zusammenkünfte der Drachenclans

Buch 1

JESSIE DONOVAN

Mythical Lake Press, LLC

Impressum

Dies ist eine erfundene Geschichte. Namen, Charaktere, Orte und Vorfälle sind entweder ein Fantasieprodukt der Autorin oder werden fiktional verwendet. Jegliche Ähnlichkeit mit Personen, ob lebend oder tot, Firmen, Ereignissen oder Orten ist rein zufällig.

Deutsche Übersetzung von Anna Drago und Katrin Dolle
Mythical Lake Press, LLC
www.JessieDonovan.com

Cover-Art von Laura Hoak-Kagey von Mythical Lake Design

ISBN: 9798891561021

Die Stonefire Drachen und Lochguard Highland Drachen Serien sind miteinander verflochten. Da so viele Leser nach der Lesereihenfolge fragen, habe ich sie in dieses Buch aufgenommen. (Diese Liste gilt ab April 2026.)

Dem Drachen geopfert (Stonefire Drachen #1)
Den Drachen verführen (Stonefire Drachen #2)
Die Drachen offenbaren (Stonefire Drachen #3)
Den Drachen heilen (Stonefire Drachen #4)
Den Drachen wiedererwecken (Stonefire Drachen #5)
Das Dilemma des Drachen (Lochguard Highland Drachen #1)
Vom Drachen geliebt (Stonefire Drachen #6)
Der Drachenwächter (Lochguard Highland Drachen #2)
Dem Drachen ergeben (Stonefire Drachen #7)
Das Drachenherz (Lochguard Highland Drachen #3)
Vom Drachen geheilt (Stonefire Drachen #8)
Der Drachenkrieger (Lochguard Highland Drachen #4)
Dem Drachen helfen (Stonefire Drachen #9)
Den Drachen finden (Stonefire Drachen #10)
Vom Drachen ersehnt (Stonefire Drachen #11)
Die Drachenfamilie (Lochguard Highland Drachen #5)
Skyhunter gewinnen (Stonefire Drachen Universum #1)
Die Entdeckung des Drachen (Lochguard Highland Drachen #6)
Snowridge Verwandeln (Stonefire Drachen Universum #2)

Die Wahl des Drachen (Die Gefährten der Tahoe-Drachen #1)

Das Bedürfnis der Drachenfrau (Die Gefährten der Tahoe-Drachen #2)

Das Streben des Drachen (Lochguard Highland Drachen #7)

Ein Drache zum ersten, zum zweiten… (Die Gefährten der Tahoe-Drachen #3)

Den Drachen überzeugen (Stonefire Drachen #12)

Die Bürde des Drachen (Die Gefährten der Tahoe-Drachen #4)

Vom Drachen geschätzt (Stonefire Drachen #13)

Die Schwäche des Drachen (Die Gefährten der Tahoe-Drachen #5)

Das Drachenkollektiv (Lochguard Highland Drachen #8)

Der Fund des Drachen - (Die Gefährten der Tahoe-Drachen #6)

Die Chance des Drachen (Lochguard Highland Drachen #9)

Sommer in Lochguard (Die Zusammenkünfte der Drachenclans #1)

Dem Drachen Vertrauen (Stonefire Drachen #14) - erscheint demnächst

Die Erinnerung des Drachen (Lochguard Highland Drachen #10) - erscheint demnächst

Kapitel Eins

Arabella MacLeod stand neben ihrem Gefährten Finn Stewart am Rand des Hauptlandeplatzes von Clan Lochguard und hielt den Himmel nach ihren erwarteten Gästen im Auge.

Ihr Drachenwandlerclan in den schottischen Highlands war der erste, der eine neue Tradition ausrichtete – die Winter- und Sommertreffen der britischen und irischen Drachenclans. Und ihr Gefährte hatte per Los das Recht gewonnen, in diesem Jahr das erste Sommertreffen auszurichten.

Zwar sollten während des einwöchigen Besuchs auch einige Clanangelegenheiten erledigt werden, doch zugleich war es eine Gelegenheit für alle Clanführer, sich mit ihren Gefährtinnen und Kindern zu entspannen, einander kennenzulernen und hoffentlich stärkere Bande zu knüpfen.

Es war nicht unbedingt etwas, das Arabella freiwillig getan hätte, wenn man ihr die Wahl gelassen hätte, da sie es nicht mochte, im Mittelpunkt zu stehen. Dennoch nahm sie ihre Rolle als Gefährtin eines Clanführers ernst.

Und jetzt musste sie sich trotz all der Hilfe, die sie von Tante Lorna – der Tante ihres Gefährten – und ihrer angeheirateten Cousine Gina MacDonald-MacKenzie erhalten hatte, zusammenreißen, um nicht an ihrer Kleidung herumzuzupfen oder nervös mit den Füßen zu scharren.

Sie hatte einen langen Weg zurückgelegt, seit den Tagen in ihrem kleinen Cottage auf Stonefire. Dort hatte sie sich, um ihr Trauma zu vergessen, mit ihrem Computer verschanzt, auf die Wand voller Bilder von Türen gestarrt und sich gefragt, wie ihr Leben eines Tages wohl aussehen könnte.

Die Zukunft hatte sich besser entwickelt, als Arabella damals vermutet hätte. Sie war mit einem liebevollen, sexy Schotten verpaart, Mutter von Drillingen und eine Frau mit mehr Freunden und Familie, als sie zählen konnte.

Doch manchmal musste Arabella noch immer an ihrem Selbstbewusstsein arbeiten – wegen der verheilten Verbrennungen auf einer Seite ihres Körpers und der langen Narbe in ihrem Gesicht, beides Folgen einer Begegnung mit Drachenjägern, als sie ein Teenager gewesen war. Sowohl die Verletzungen als auch die lange Isolation nach ihrer Folter durch die menschlichen Jäger trugen zu ihren gelegentlichen Selbstzweifeln bei.

Ganz zu schweigen davon, dass es ihre Nerven

strapazierte, Gastgeberin für all die anderen Clanführer zu sein.

Nun ja – zusätzlich zu dem, was ihre Tochter Freya sowieso jeden Tag anstellte. Freya war erst zwei Jahre alt, doch sie verwandelte sich bereits seit einiger Zeit in ihre Drachengestalt und hatte eine ausgesprochene Vorliebe für Ärger.

Ihr innerer Drache – die zweite Persönlichkeit in ihrem Kopf – meldete sich zu Wort. *Es ist nicht das Treffen, über das du dir Sorgen machst. Nicht wirklich. Du musst mit Finn reden.*

Bald. Er hat im Moment genug, worüber er sich Gedanken machen muss.

Warum es aufschieben? Er sollte es ohnehin schon wissen – es sei denn, er ist zu beschäftigt, um zu bemerken, dass sein Duft sich mit unserem vermischt hat.

Ihr Tier hatte recht – Finn sollte ihr Geheimnis bereits kennen. Und doch hatte er nichts zu ihr gesagt.

Vielleicht war er zu beschäftigt gewesen. Oder vielleicht wartete er darauf, dass sie das Thema ansprach.

Schließlich hatte sie Finn gesagt, dass drei Kinder genug seien. Sie brauchten keine weiteren.

Aufgrund einer Reihe von Umständen sah es jedoch so aus, als würden sie mindestens noch ein weiteres Kind bekommen.

Arabella sollte eigentlich überglücklich sein, besonders weil Drachenwandler Kinder liebten. Aber sie war gerade erst im zweiten Monat, und alles, was sie fühlte, war Angst.

Und das war nicht das, was eine werdende Mutter empfinden sollte.

Sie blickte zu ihrem großen, blonden Gefährten auf, nur um festzustellen, dass er sie anstarrte, die Stirn gerunzelt. „Ist alles in Ordnung, Mädel? Du bist stiller als sonst."

So ungern sie etwas vor der Liebe ihres Lebens verbergen wollte – Arabella würde mit ihm erst später über ihre Gefühle und ihre gemeinsame Zukunft sprechen, nachdem ihre wichtigen Gäste wieder abgereist waren. „Nur ein bisschen nervös. Es ist das erste Mal, dass Aimee ihren Bruder sieht, seit sie nach Lochguard gekommen ist. Ich hoffe, das macht nicht all ihre Fortschritte zunichte."

Aimee King war ihr Gast, eine Drachenfrau aus dem Clan Skyhunter im Süden Englands. Sie war als Teenager unter dem früheren Clanführer eingesperrt und gefoltert worden, und seitdem schwieg ihr Drache. Arabella hatte einst selbst Probleme mit ihrem inneren Tier gehabt und die Chance ergriffen, Aimee bei sich aufzunehmen und zu versuchen, ihr zu helfen. Die jüngere Frau war weit gekommen, seit sie bei ihnen eingetroffen war, doch sie war definitiv noch lange nicht vollständig geheilt.

Ähnlich wie Arabella es selbst vor ihrer Begegnung mit Finn getan hatte, blieb Aimee meist für sich und wagte sich nur selten hinaus. Doch allmählich war der Punkt erreicht, an dem Arabella versuchen wollte, sie zu einer kleinen Veranstaltung mit anderen in ihrem Alter zu überreden. Oder vielleicht dazu, in der Schule zu helfen, da sie gut mit den Kindern umgehen konnte, auf die sie einmal pro Woche mitaufpasste.

Doch all ihre nächsten Schritte hingen davon ab, wie Aimee heute mit dem Besuch ihres Bruders zurechtkam.

Finn rieb ihr über den unteren Rücken, während er antwortete: „Asher und Honoria werden vorsichtig sein, aye? Aber es ist an der Zeit, dass Aimee ihre Familie wiedersieht. Und ich konnte die beiden ja wohl schlecht hierher einladen und ihnen dann verbieten, Aimee zu sehen."

Asher King und Honoria Wakeham waren einen Tag vor allen anderen Clanführern angekommen. Sie führten Skyhunter gemeinsam – und waren außerdem Gefährten. Arabella hatte bisher nicht viel mit ihnen zu tun gehabt, da sie Hunderte von Meilen entfernt lebten. Doch Finn schien sie zu mögen, und sie vertraute dem Urteil ihres Gefährten.

„Aimee hat schon gesagt, dass sie sie sehen möchte", erwiderte Arabella. „Aber sie war nicht gerade außer sich vor Freude."

Finn lächelte. „Das Einzige, worüber sie sich wirklich freut, ist, wenn sie auf unsere kleine Freya aufpassen kann. Und das auch nur, weil unsere Tochter mit ihrem Charme Berge versetzen könnte, wenn sie es wollte."

Arabella sah ihren Gefährten von der Seite an. „Und ich frage mich, von wem sie das wohl hat."

Finn zwinkerte. „Du liebst uns beide, also versuch gar nicht erst, es zu leugnen."

Sie lächelte. „Meistens. Nur nicht so sehr, wenn du versuchst, dich mit deinem Charme vor einer Standpauke für die Jungs zu drücken."

Er zuckte mit den Schultern. „Sie haben noch nichts getan, was eine Standpauke rechtfertigen würde."

Arabella dachte an die Zweijährigen, die ihre Stöcke wie Schwerter schwingend durchs Haus gezogen waren und „Drachenjäger" bekämpft hatten – was sich schließlich als alles in Reichweite entpuppt hatte, besonders wenn es zerbrechlich war. „Es ist hauptsächlich Dec", sagte sie. „Gray macht nur mit."

Declan und Grayson waren die anderen beiden ihrer Drillinge, die einander näherstanden als ihrer Schwester Freya.

„Das glaubst du nur, Mädel", erwiderte Finn. „Gray ist gerissen und handelt, wenn niemand hinschaut. Aber manchmal zeigt er eine versteckte rebellische Ader." Er beugte sich zu ihr hinunter und flüsterte ihr ins Ohr: „Er kommt schließlich mehr nach seiner Mum. Immerhin hast du es vor nur zwei Monaten an diesem ungewöhnlich warmen Tag geschafft, mich zum Loch zu locken, mich reinzustoßen und dich dann über mich hergemacht!"

Sie knuffte ihm in die Seite. „Ich glaube kaum, dass du dich beschwert hast."

Er senkte die Stimme. „Nein. Ich war zu

beschäftigt damit, zu stöhnen und dich meinen Namen schreien zu lassen, als du gekommen bist."

Ihre Wangen wurden heiß. Selbst nach fast drei Jahren, die sie bereits mit Finn verpaart war, konnte er sie immer noch in Verlegenheit bringen. „Finn, unsere Gäste werden jeden Moment hier sein!"

„Aye, aber noch sind sie nicht da."

Und bevor sie noch ein Wort sagen konnte, drückte er seinen Mund auf ihre Lippen, und sie öffneten sich instinktiv.

Finns Zunge glitt in ihren Mund, streichelte, leckte und erkundete sie, als wäre es das allererste Mal.

Er zog sie an sich, und sie stöhnte leise, als ihre harten Brustwarzen sich gegen sein Hemd und seinen festen, muskulösen Oberkörper drückten.

Sie grub ihre Finger in sein Haar und hielt seinen Kopf fest, während sie mit seiner Zunge kämpfte, die Berührung ihres Gefährten brauchte – seine Wärme, seinen Geschmack.

Sie hatte keine Ahnung, wie lange sie dort standen und einander küssten. Doch als der Wind plötzlich deutlich auffrischte, löste sie sich aus dem Kuss und sah zwei Drachen – einen roten und einen weißen –, die gerade sanft auf dem Landeplatz aufsetzten.

Arabella richtete ihr Kleid und strich sich das Haar glatt, während sie Finn einen vielsagenden Blick zuwarf.

Nicht, dass Finn sich irgendwie darum scherte. Die Hitze und die Belustigung in seinen Augen verrieten, dass er gern noch weiter gegangen wäre, wenn sie ihn gelassen hätte, ganz gleich, ob jemand in der Nähe war. Sie flüsterte: „Benimm dich!“

Er zuckte nur mit einer Schulter, kein bisschen reuevoll. Nachdem ihr Gefährte ihr zugezwinkert hatte, drehte Arabella sich um und sah, dass Asher und Honoria bereits in ihrer menschlichen Gestalt dastanden und Kleidung aus kleinen Umhängetaschen nahmen, die sie bei sich getragen hatten. Sobald sie angezogen waren, kamen sie auf sie zu.

Beide waren in ihren Dreißigern, hochgewachsen und mit blasser Haut. Asher hatte dunkles Haar und blaue Augen, während seine Gefährtin und Mit-Clanführerin blond war und ebenfalls blaue Augen hatte.

Honorias Lächeln und Blick wirkten wärmer als Ashers. Doch Arabella wusste, dass sein ernster Ausdruck daher rührte, dass er fünf Jahre lang unter der Führung seines Onkels gelitten hatte – was ihn verständlicherweise verhärtet hatte.

In mancher Hinsicht ähnelten sie und Asher sich: Sowohl sie als auch Asher hatten ungewöhnliche Prüfungen überstanden und am Ende einen blonden Gefährten gefunden, der ein deutlich fröhlicheres Gemüt besaß.

Honoria ergriff als Erste das Wort. „Es ist schön, endlich wieder hier zu sein! Wir haben Lochguard nicht mehr gesehen, seit wir für ein paar Stunden hier waren, um sicherzugehen, dass Aimee gut angekommen ist.“ Asher nickte, und Honoria fuhr fort: „Aber danke, dass wir einen Tag früher kommen durften. Nach all den guten Dingen, die ihr über die Fortschritte meiner Schwägerin erzählt habt, konnte ich es kaum erwarten, sie wiederzusehen."

Asher sprach schließlich ebenfalls. „Aber nur, wenn sie bereit ist."

Honoria warf ihrem Gefährten einen Blick zu, wie um zu sagen, dass sie darüber doch bereits gesprochen hatten. Da Arabella nicht wollte, dass das Paar sich stritt, warf sie rasch ein: „Es geht ihr tatsächlich besser. Ihr Drache schweigt zwar noch, aber sie kann gelegentlich aufblitzende Drachenaugen und manchmal sogar eine Drachengestalt ertragen. Zumindest, wenn es meine Tochter ist."

Honoria schüttelte den Kopf. „Ich kann immer noch nicht glauben, dass ein zweijähriges Kind schon wandeln kann."

Da sich die meisten Drachenwandler erst mit sechs oder sieben Jahren zu verwandeln begannen, war Freya definitiv eine Seltenheit. Zumindest hatte Arabella inzwischen die Phase hinter sich gelassen, in der ihr jedes Mal fast das Herz stehen blieb aus Angst, ihre Tochter könnte wild werden und für immer in ihrer Drachengestalt bleiben. Genau das passierte normalerweise, wenn ein Kind so früh schon wandelte.

Doch nein – Freya konnte ihre Gestalt wechseln, wann immer ihr danach war. Zum Glück hatten ihre Brüder noch nicht herausgefunden, wie das ging. Drei kleine Drachen, die Amok liefen, würden ihr ganz sicher einen Herzinfarkt bescheren.

Finn schnaubte. „Freya wird mit zwanzig die Welt erobern, warte nur ab." Er deutete auf den Pfad, der vom Landeplatz wegführte. „Aber ihr werdet den kleinen Rabauken bald genug kennenlernen. Wollen wir?"

Im Gehen fragte Asher: „Ist Aimee noch bei euch?"

Finn schüttelte den Kopf. „Kaum noch. Sie mag es, einen Raum für sich zu haben. Aber manchmal bleibt sie über Nacht, wenn sie Angst hat vor dem, was ich für wiederkehrende Albträume halte."

Arabella bemerkte, wie Asher bei der Erwähnung von Albträumen die Zähne aufeinanderbiss. Leise sagte er: „Ich wünschte, ich könnte sie ihr nehmen."

Da der Mann vermutlich selbst welche hatte – aufgrund seiner eigenen Gefangenschaft –, zeigte das nur, wie sehr er seine Schwester liebte. Noch etwas, das sie und Aimee gemeinsam hatten: fürsorgliche ältere Brüder, die sie liebten.

Honoria drückte den Arm ihres Gefährten. „Viele, die unter dem früheren Clanführer gelitten haben, besonders diejenigen, die eingesperrt waren, haben Albträume. Ich glaube, das wird noch Jahre so bleiben – vielleicht sogar für immer. Aber wenn man bedenkt, was Aimee alles durchgemacht hat, muss sie sehr stark sein, um so weit gekommen zu sein. Ganz zu schweigen davon, dass das kleine Mädchen, an das ich mich aus meiner Jugend erinnere, immer stur war – genau wie ihr Bruder –, und ich bezweifle, dass sich das geändert hat." Honoria warf ihrem Gefährten einen liebevollen Blick zu. „Ich bin sicher, dass sie irgendwann aus ihrem Schneckenhaus herauskommt."

Asher sah aus, als wäre es ihm unangenehm, und Arabella verstand ihn nur zu gut. So wie ihr eigener Vater sich die Schuld an Arabellas Unglück in ihrer Jugend gegeben hatte – als sie von Drachenjägern, die auch ihre Mutter ermordet hatten, gefangen genommen und in Brand gesetzt worden war –, machte auch Asher sich Vorwürfe.

Das war ein weiterer Grund, warum Arabella hoffte, Aimee wäre eines Tages wieder sie selbst –, damit auch ihr Bruder es sein konnte.

Ihr Drache meldete sich zu Wort. *Mach ihn bloß nicht auch noch zu deinem nächsten Projekt. Seine Gefährtin kann ihm helfen. Du brauchst in deinem Zustand nicht noch mehr Stress.*

Da sie nicht über den Grund für die Bemerkung ihres Drachen nachdenken wollte, wechselte Arabella das Thema.

„Kommt, wir zeigen euch zuerst eure Unterkunft. Danach spreche ich mit Aimee, damit sie auf euren Besuch vorbereitet ist."

Finn ging mit Asher voraus, und Arabella lächelte Honoria an. Honoria fragte: „Mal ganz ehrlich – glaubst du, dass es gut gehen wird?"

Arabella biss sich auf die Lippe und beschloss, Honoria etwas anzuvertrauen, das Asher vielleicht noch nicht wissen sollte. „Ich denke schon. Es gibt hier einen Mann, der fast so etwas wie ein Freund für sie ist, und der tut ihren bisherigen Fortschritten gut."

Die Drachenfrau hob die Augenbrauen. „Was meinst du mit *fast* ein Freund?"

„Nun, er heißt Connor MacAllister. Und seit fast einem Jahr bleibt er vor ihrem Haus stehen, macht alberne Akrobatik, um sie zum Lächeln zu bringen, und geht dann weiter zur Arbeit. Ein paarmal war ich dort, als er vorbeikam, und sie ist zur Haustür gegangen, um ihm zuzusehen und kurz Hallo zu sagen. Das klingt vielleicht nicht nach viel, aber sie hat mit keinem anderen Mann sprechen wollen – außer dem Arzt oder Finn."

Die Frau musterte sie aufmerksam. „Glaubst du, er ist ihr wahrer Gefährte?"

Arabella zuckte mit den Schultern. „Ich bin mir nicht sicher. Aber nach allem, was Finn herausgefunden hat, weiß Connor, dass sie labil ist, und möchte sie einfach nur zum Lächeln bringen."

Honorias Blick wanderte zum Rücken ihres Gefährten. „Asher und seine Schwester brauchen beide mehr Lächeln in ihrem Leben – egal, woher sie es bekommen."

Arabella betrachtete die Frau einen Moment, bevor sie antwortete: „Aimee arbeitet manchmal mit Connors Schwester zusammen – bei kunsttherapeutischen Sitzungen. Ich hatte überlegt, Cat und ihren Bruder mal einen Abend zum Essen einzuladen, wenn Aimee da ist, um zu sehen, wie es läuft. Aber ich wollte meine Grenzen nicht überschreiten."

Honoria schüttelte den Kopf. „Das würdest du nicht. Aber sehen wir erst einmal, wie Aimee mit Ash zurechtkommt. Dann können wir besser beurteilen, ob sie ein Abendessen schafft. Allerdings …"

„Hm?"

„Kommt dieser Connor jeden Tag bei ihr vorbei?"

Arabella zuckte mit den Schultern. „Fast."

„Vielleicht wäre es ganz hilfreich, wenn sie Connor zuerst sähe, sich entspannte und Asher kurz danach käme."

Arabella gefiel es, wie Honoria dachte. „Das könnte funktionieren. Allerdings müssten wir uns beeilen. Connor geht jeden Tag um halb elf auf dem Weg zur Arbeit an Aimees Cottage vorbei. Er leitet praktisch das Restaurant des Clans."

Honoria nickte. „Gut. Dann sollten wir vielleicht die Besichtigung unserer Unterkunft überspringen und gleich dorthin gehen? Ash wird es nicht gefallen, in einem Gebüsch oder sonst wo zu warten, bis der Mann verschwunden ist. Aber ich werde ihn überzeugen, dass es der einzige Weg ist, zu sehen, wie es Aimee hier wirklich geht – ohne Einmischung oder dass das Wiedersehen mit uns sie nervös macht."

Arabella lächelte. „Du bist ein bisschen gerissen. Ich verstehe, warum du Clanführerin von Skyhunter bist."

Honoria grinste. „Ich glaube, wir sind alle ein wenig gerissen, wenn es um unsere Gefährten geht, richtig?“

Arabella lachte. „Wahrscheinlich. Komm, wir müssen wohl beide bei unseren Männern ein wenig Charme spielen lassen, um das hinzubekommen.“

Und während sie sich daranmachten, ihre Gefährten von dem Plan zu überzeugen, ließ Arabellas Anspannung nach. Honoria Wakeham war sympathisch, und vielleicht würde sie im Laufe der Woche eine neue Freundin gewinnen.

Doch als die Männer sich schließlich in ihren Plan fügten, ignorierte Arabella alles andere und konzentrierte sich nur noch auf das Treffen mit Aimee.

Sie hoffte, dass Honorias Idee funktionierte.

Ach, und dass Asher Connor nicht dafür umbrachte, dass er mit seiner Schwester flirtete.

Kapitel Zwei

Asher King ging hinter einigen Sträuchern in die Hocke, seine Gefährtin auf der einen Seite und der Anführer von Lochguard auf der anderen, und fragte sich wieder einmal, wie er es hatte zulassen können, dass Honoria ihn dazu überredet hatte.

Sein Drache schnaubte. *So kannst du den Lochguard-Mann begutachten, ohne dass er es merkt. Das sollte dir gefallen.*

Er grunzte innerlich. *Mir gefällt der Gedanke nicht, dass überhaupt ein Mann in der Nähe meiner Schwester ist. Sie ist noch nicht wieder ganz gesund.*

Vielleicht. Aber manchmal braucht es jemanden, der nicht Teil der Familie ist, um zu erkennen, was einem guttut. Dieser Connor MacAllister weiß nicht alles, was in Skyhunter passiert ist, und sieht Aimee einfach nur als eine Frau, die ein bisschen mehr Lachen und Lächeln gebrauchen kann. Das ist nichts Schlechtes.

Er überlegte noch, wie er erwidern sollte, dass

Aimee noch viel zu labil für jegliche Art von Mann war, als ein junger Drachenwandler mit etwas in den Händen den Pfad entlangkam.

Der Drachenmann hatte dunkles Haar und blaue Augen und war wahrscheinlich Anfang zwanzig.

Asher kniff die Augen zusammen. Dieser Mann könnte seiner Schwester wehtun.

Als spürte sie seinen Zorn, legte Honoria ihm eine Hand auf den Arm und drückte sanft.

Das dämpfte zumindest vorerst den Großteil seiner Angriffspläne, und er richtete seine Aufmerksamkeit wieder auf das Cottage vor sich.

Connor blieb vor dem zweistöckigen Gebäude stehen und blickte nach oben. Und dort, im oberen Fenster, war die blasse, braunhaarige Gestalt von Aimee zu sehen, die offensichtlich auf ihn wartete.

Seine Schwester lächelte zu dem Mann hinunter, hob einen Finger, um ihm zu signalisieren, dass er warten sollte, und zeigte nach unten. Dann verschwand sie.

Nur wenige Augenblicke später öffnete sie die Haustür. Connor blieb, wo er war, fast drei Meter entfernt, selbst als die Haustür aufging.

Beim Anblick seiner jüngeren Schwester, die lächelte und aufrecht dastand, zog sich Ashers Herz ein wenig zusammen. Sie war zwar nicht mehr die feurige Schwester, an die er sich von vor ihrer Gefangenschaft mit achtzehn erinnerte, aber sie starrte auch nicht länger ins Leere und ignorierte die Welt.

Ich weiß, es war schwer, sie hier zu lassen und nicht mehr selbst auf sie aufpassen zu können, aber es hat ihr geholfen. Das ist alles, was zählt, sagte sein Drache leise.

Bevor er antworten konnte, sagte Aimee mit leiser Stimme: „Hallo, Connor."

Der Mann machte eine übertriebene Verbeugung und grinste sie an. „Hi, Aimee." Er hob die Schale in seinen Händen. „Ich habe Zimtschnecken gebacken." Aimee zögerte, und der Mann fuhr fort: „Ich kann sie einfach hierlassen, wenn dir das lieber ist, und dann zur Arbeit gehen. Aber Ara hat mir erzählt, dass du sie magst, also dachte ich, ich backe welche und schaue, was du davon hältst."

Asher hielt den Atem an, als seine Schwester immer wieder die Finger ineinander verschränkte und löste. Schließlich streckte sie die Hände aus. „Du kannst sie mir bringen."

Er hörte, wie Arabella den Atem anhielt, doch Asher konzentrierte sich ganz auf seine Schwester. Irgendwie hatte er das Gefühl, dass dies das erste Mal war – zumindest soweit sie wussten –, dass ein Mann, der kein Arzt war, sich ihr nähern durfte.

Connor ging gelassen auf sie zu und legte die Schale in ihre Hände. Er lächelte auf sie hinab, denn Aimee war mehrere Zentimeter kleiner als er. „Das ist ein neues Rezept, an dem ich arbeite", sagte er. „Wenn es also Mist ist, sag es mir ruhig, aye? Ich versuche, mir neue Dinge für die Speisekarte des Restaurants einfallen zu lassen, und brauche ein bisschen Ehrlichkeit."

Aimee blickte hinunter und strich einen Moment lang mit den Fingern über die Schale. Jede Zelle in Ashers Körper wollte dem Drachenmann zurufen, er solle verschwinden, sie in Ruhe lassen und sie nicht erschrecken.

Doch dann lächelte sie wieder zu Connor auf und sagte: „Okay. Ich sage es dir morgen." Sie hielt kurz inne und fügte dann leise hinzu: „Wenn du ein bisschen früher vorbeikommst, kann ich es dir bei einem Tee sagen."

Nur weil Asher die Szene so aufmerksam beobachtete, bemerkte er, wie sich die Schultern des jüngeren Drachenmanns einen Moment lang anspannten, bevor sie sich wieder lockerten. „Das würde mir gefallen", sagte Connor. „Ich komme eine halbe Stunde früher vorbei. Passt das?"

Sie nickte und trat einen Schritt zurück ins Haus. „Du solltest gehen. Ich möchte nicht, dass du zu spät zur Arbeit kommst."

Connor ging vom Cottage weg, verbeugte sich noch einmal und winkte, bevor er ging.

Sobald die Tür geschlossen war, wandte Asher sich an Arabella. „Liege ich richtig mit der Annahme, dass sie das zum ersten Mal getan hat?"

Der überraschte Ausdruck im Gesicht der Drachenfrau gab ihm bereits die Antwort, dennoch nickte sie. „Ja. Sie hat noch nie jemanden zum geselligen Beisammensein in ihr Cottage eingeladen – nur, wenn sie Hilfe brauchte oder eine Sitzung mit Cat hatte oder ein Arzt vorbeikommen sollte."

Bei ihren Worten überlegte Asher, was zu tun war.

Wenn er seine Schwester jetzt traf, würde das all ihre Fortschritte zunichtemachen? Wenn ja, war es vielleicht besser, wenn er sich vorerst fernhielt.

Und doch wollte er mit ihr sprechen und ihrer Mutter sagen können, dass es Aimee besser ging. Es war ihrer Mum schwergefallen, nach Skyhunter zurückzukehren, nachdem Aimee in Lochguard angekommen war. Doch es war für alle Beteiligten das Beste gewesen, Aimee einen wirklichen Neuanfang zu ermöglichen.

Auch wenn es ihm weh tat, fragte er: „Sollte ich mich im Moment lieber von ihr fernhalten?"

Arabella musterte ihn einen Moment lang und schüttelte dann den Kopf. „Aimee weiß, dass du heute kommst. Sie hat sich wahrscheinlich schon eine Weile innerlich auf diesen Moment vorbereitet. Wenn du jetzt absagst, würde sie das vielleicht mehr verletzen."

Er schluckte und wünschte sich, er könnte in diesem Moment einfach seine starke Clanführer-Persönlichkeit sein.

Doch seine kleine Schwester war gefoltert und eingesperrt worden, ihr Drache war verstummt, und genau hier und jetzt war Asher nur ihr besorgter großer Bruder.

Honoria nahm eine seiner Hände und drückte sie. „Es ist Zeit, Ash. Du könntest fünf Jahre warten, und es würde diesen Moment trotzdem nicht leichter machen."

Er sah seiner Gefährtin in die Augen und schöpfte Kraft aus der Liebe und Zärtlichkeit darin. Nach einem Moment nickte er. „Dann ist es wohl Zeit."

Während sie alle zur Seite gingen, um über den Pfad zum Cottage zu gehen, statt aus den Büschen hervorzuspringen, sagte Finn: „Ara kann mit euch beiden gehen. Wenn ihr hier fertig seid und euch bei den Gastgebern eingerichtet habt, die euch zugewiesen wurden, kommt zu mir, wenn ihr was braucht. Wenn nicht, könnt ihr euch entspannen und das Abendessen im *Dragon's Delight* genießen. Offiziell gehört der Laden zwar Sylvia, aber Connor hat inzwischen so gut wie das Sagen dort. Und das Essen ist auch gut."

Asher sah dem Mann in die Augen und verstand, was er andeutete – sie könnten Connor und seine Familie ein wenig beobachten.

Wobei „beobachten" vielleicht nicht ganz das richtige Wort war. Eher würde Asher Informationen sammeln, während er einige Leute aus Lochguard besser kennenlernte.

Schließlich wollte er, falls seine Schwester beschloss, für immer hier zu leben, sicherstellen, dass es keine Bedrohungen gab.

Er nickte Finn zu. Nachdem der schottische Drachenmann seine Gefährtin geküsst hatte und gegangen war, wandte Arabella sich ihm zu. „Bereit?"

Asher holte tief Luft und drückte Honorias Hand. „So bereit, wie ich nur sein kann."

„Verhalte dich einfach normal und sei nicht zu überfürsorglich. Aimee hat sich hier ein Stück Freiheit verdient, und ich glaube, genau das hat ihr am meisten geholfen."

Arabellas Worte stimmten wahrscheinlich, auch wenn seine Schwester nicht zu beschützen für ihn ungefähr so leicht wäre, wie nicht zu atmen.

Sein Drache ergriff das Wort. *Nutz den Charme, den du manchmal für den Clan ausgräbst. Das könnte helfen.*

Wahrscheinlich.

Er murmelte leise, da es nur für Honorias Ohren bestimmt war: „Versuch', mich davon abzuhalten, sie zu sehr zu bedrängen."

Seine Gefährtin sah ihn fragend an. „Ich glaube, du wirst das gut machen. Aber dir zu sagen, wenn du dich wie ein Idiot aufführst, gehört sozusagen zu meinen Spezialitäten."

Er schnaubte, und Honoria grinste ihn an.

Typisch seine Gefährtin – ihn aufzumuntern, ohne es überhaupt zu versuchen.

Sie blieben vor Aimees Haustür stehen, und Arabella klopfte.

Die Zeit schien sich zu verlangsamen. Obwohl nur Sekunden vergingen, fühlte es sich an, als wären es Stunden gewesen, bis sich die Tür einen Spalt öffnete und eines von Aimees haselnussbraunen Augen sich zeigte.

Arabella lächelte. „Hi, Aimee. Dein Bruder und deine Schwägerin sind endlich da, wie ich gestern gesagt habe. Wir können spazieren gehen, oder wir kommen rein – was immer dir lieber ist."

Aimee öffnete die Tür ein Stück weiter, bis ihr ganzes Gesicht zu sehen war. Ihr Blick blieb an Asher hängen.

Das letzte Mal, dass er sie gesehen hatte, hatte sie diesen leeren Ausdruck gehabt – einen Blick, der beinahe versuchte, so zu tun, als existiere die Welt gar nicht.

Doch dieses Mal waren ihre Augen eindringlich und aufmerksam.

Schon für diese kleine Veränderung und Verbesserung hätte er sie am liebsten fest umarmt.

Doch er unterdrückte den Impuls. Körperkontakt hatte früher Schreien und Albträume ausgelöst, bevor sie nach Lochguard gekommen war, und dieses Risiko würde er nicht eingehen.

Schließlich sagte Aimee: „Hallo, Ash."

Honoria hielt noch immer seine Hand und drückte sie.

Er erwiderte den Druck, fand Trost in der Anwesenheit seiner Gefährtin und lächelte. „Hi, Aims. Ich hoffe, es ist in Ordnung, dass ich zu Besuch gekommen bin."

Asher hielt den Atem an, während er auf eine Antwort wartete. Bald schon nickte sie, trat einen Schritt zurück und deutete ins Haus. „Kommt rein."

Arabella ging voraus. „Wo wollen wir hin? In die Küche?"

„Ja."

Er ließ Honoria zuerst ins Cottage gehen. Sobald auch er eintrat, hielt er eine Sekunde inne, um seine Schwester anzulächeln. „Ich freue mich so, dich zu sehen!"

Ihre Wangen wurden rot, und sie flüsterte: „Ich mich auch."

Es machte ihm nichts, dass sie nur das absolut Nötige sagte. Verdammt, er war außer sich vor Freude, dass sie überhaupt sprechen konnte, wenn man an den fast katatonischen Zustand damals zurückdachte, als Honoria die Leitung von Clan Skyhunter übernommen hatte.

Sie wandte den Blick ab, und er fasste das als einen Hinweis auf, er solle den anderen den Flur hinunter in die Küche folgen. Arabella hatte bereits den Wasserkocher gefüllt und stellte ihn jetzt an. Auf der Arbeitsfläche stand die Schale mit Connors Zimtschnecken. Er wollte sich nach dem Mann erkundigen, fragen, was Aimee von ihm hielt, ob er sie verletzen würde und vieles andere, doch irgendwie schaffte er es, den Mund zu halten.

Etwas, das er als Clanführer schnell gelernt hatte, war, wann er reden und wann er besser schweigen sollte.

Aimee kam hereingeeilt und machte sich daran, alles für den Tee vorzubereiten. Arabella ergriff das Wort. „Vielleicht kannst du Asher und Honoria nach dem Tee zeigen, wo du ehrenamtlich mit den Kindern zusammenarbeitest."

Er wollte ein Trommelfeuer an Fragen starten, um mehr darüber zu erfahren, wie das Leben seiner Schwester hier in Schottland aussah.

Doch er musste sich zurückhalten und darauf warten, dass sie es ihm in ihrem Tempo erzählte.

Was ihm kein bisschen gefiel.

Aimee lehnte sich schließlich gegen die Arbeitsfläche. „Nur, wenn sie wirklich die Kinder sehen wollen. Es ist nicht sehr aufregend."

Honoria lächelte Aimee an. „Ach, ich würde das richtig gern sehen! Wir suchen schließlich immer nach Möglichkeiten, den Clan zu verbessern. Das ist mit ein Grund, weswegen wir hier sind, um zu sehen, wie andere Clans funktionieren."

Er wartete, ob die Erwähnung von Verbesserungen in Skyhunter eine Reaktion hervorlocken würde.

Doch nach ein paar Sekunden sagte Aimee: „Ich weiß nicht viel mehr als das, was ich mit meiner Gruppe von Kindern mache, aber mein Vorgesetzter kann euch sicher eure Fragen beantworten."

Arabella ergänzte die Information, die Asher unbedingt haben wollte: „Ja, Aimee arbeitet einmal die Woche mit den Kleinkindern. Sie scheinen auf sie zu hören. Ich muss es wissen, denn meine drei Rabauken sind auch in der Gruppe und sorgen da für allerhand Schwierigkeiten."

Aimee zuckte die Schultern, als der Wasserkocher sich ausschaltete.

Anstatt etwas zu der Unterhaltung beizutragen, machte sie sich daran, das Wasser einzuschütten.

Honoria suchte seinen Blick und lächelte ihn an. Er nickte ihr zu und ließ sie damit wissen, dass er genauso glücklich über Aimees Wohlergehen war wie sie.

Und auch wenn seine Schwester immer noch nicht viel sagte und fast nie mehr als wenige Sätze am Stück, war klar, dass Lochguard ihr unendlich gutgetan hatte.

Allein dieses Wissen nahm ihm eine große Last von den Schultern. Asher hatte ein extrem schlechtes Gewissen gehabt, als er sie weggeschickt hatte, aber offensichtlich war es die beste Entscheidung gewesen.

Selbst, wenn es hieß, dass sie das Interesse eines gewissen Connor MacAllister geweckt hatte.

Vielleicht würde Asher den Mann doch beobachten müssen, nur um sicher zu gehen.

Kapitel Drei

Früh am nächsten Morgen segelte Lorcan Todd die letzte Meile auf den Hauptlandeplatz von Lochguard zu, seine Gefährtin neben ihm, und bemühte sich, seine Aufregung im Zaum zu halten.

Er freute sich zwar darauf, alle Clanführer einmal persönlich zu sehen statt nur in Videokonferenzen, doch es gab noch einen viel wichtigeren Grund für seine gute Laune.

Er hoffte nur, dass die anderen seine Neuigkeiten mit derselben Begeisterung aufnehmen würden.

Sein innerer Drache meldete sich zu Wort: *Wir sind schon lange Anführer von Northcastle. Adrian ist mehr als bereit, die Führung zu übernehmen.*

Das stimmte – Adrian Conroy hatte vor einer Woche die geheimen Clanführer-Prüfungen bestanden. Sie hatten darüber diskutiert, ob Adrian an seiner Stelle zu diesem Treffen kommen sollte, doch Lorcan hatte es für das Beste gehalten, seinen

Rücktritt persönlich zu verkünden. Auf diese Weise konnte er berichten, welch gute Meinung er von dem jungen Mann hatte, der ihn ersetzen würde, sich ordentlich von allen Anführern verabschieden und sie bitten, ihre Bündnisse weiterhin aufrechtzuerhalten.

Vor allem, da die drei Drachenclans im Süden, in der Republik Irland, langsam Zustimmung beim irischen MDA fanden und begannen, eigene Clanführer-Prüfungen abzuhalten, um jene zu ersetzen, die getötet worden und/oder in andere Skandale verwickelt gewesen waren.

Da Northcastle der einzige Drachenclan in Nordirland war, würden er und Adrian ihre britischen Drachenallianzen mehr denn je brauchen, falls auf der Insel Irland erneut Chaos ausbrechen sollte.

Sein Drache meldete sich zu Wort. *Sie werden nicht wegen eines Führungswechsels die Flucht ergreifen. Einige haben bereits mit Adrian zusammengearbeitet, darunter die obersten Beschützer in Lochguard. Alles wird gut.*

Ich hoffe es. Trotzdem ist es von Vorteil, dass unsere Gefährtin aus Clan Glenlough stammt. Das verschafft uns zumindest eine feste Allianz mit den irischen Clans im Süden.

Seine Gefährtin, Caitlin O'Shea Todd, war die Mutter von Teagan, der weiblichen Clanführerin von Glenlough.

Obwohl er und Caitlin sich erst vor kurzem – in fortgeschrittenem Alter – gepaart hatten, freute Lorcan sich umso mehr auf seinen Ruhestand, damit er Zeit mit seiner sexy, liebevollen Gefährtin verbringen konnte.

Als sie den Hauptlandeplatz erreichten, gab einer der Beschützer in der Nähe ihnen ein Zeichen, und beide legten ihre Umhängetaschen vorsichtig auf den Boden, bevor sie mit den Hinterbeinen die Erde berührten.

Lorcan stellte sich vor, wie die Flügel in seinen Rücken schrumpften, seine Schnauze sich zu einer Nase verkürzte und seine Gliedmaßen wieder menschliche Formen annahmen. Als er in seiner menschlichen Gestalt dastand, drehte er sich um und sah, dass seine Gefährtin Caitlin ebenfalls ihre Verwandlung beendet hatte. Ihr langes dunkles Haar, von grauen Strähnen durchzogen, fiel über ihre Schultern, und ein Lächeln lag auf ihrem schönen Gesicht.

Noch immer fiel es ihm schwer zu glauben, dass sie sich mit ihm gepaart hatte. Schon, sie waren Jahrzehnte getrennt gewesen, nachdem sie als Teenager zum ersten Mal füreinander geschwärmt hatten – ganz zu schweigen davon, dass sie beide in dieser Zeit einen Gefährten geliebt und verloren hatten –, doch er schätzte jeden einzelnen Moment seiner zweiten Chance auf Glück.

Und nun, da Lorcan in den Ruhestand ging, konnte er sie richtig verwöhnen und vielleicht ein paar neue Abenteuer erleben.

Sein Drache ergriff das Wort. *Wir könnten hier ein paar Abenteuer erleben. Vielleicht mit Caitlin irgendwo in der Nähe verschwinden und sie unter den Sternen beanspruchen.*

Das ist kaum ein Abenteuer, Drache. Das habe ich schon oft getan.

Aber nicht in Schottland. Vielleicht finden wir einen dieser Sandstrände, die noch warm von der Sonne sind. Das würde mir gefallen.

Da er sich nicht weiter darauf einlassen wollte und sein Drache keine detaillierte Fantasie ausmalen sollte – was dazu führen würde, dass er den Anführer von Lochguard mit einer sichtbaren Erektion begrüßte –, ignorierte Lorcan sein Tier und konzentrierte sich auf seine Gefährtin.

Ganz widerstehen konnte er ihr allerdings nicht. Er nahm eine von Caitlins Händen, zog sie näher zu sich und küsste sie sanft.

Als seine Hand zu ihrem hübschen Po wanderte, lächelte sie. „Drachenwandler mögen vielleicht kein Problem mit Nacktheit haben, aber ich werde hier niemandem eine kostenlose Show liefern, Lorcan Todd."

Er grinste sie an. „Ich bin sicher, das ist schon vorgekommen, Liebes."

Sie schüttelte den Kopf. „Nicht von jemandem wie mir."

Bevor er antworten konnte, kam eine junge Drachenfrau mit einem Baby auf sie zu – oder vielleicht schon ein Kleinkind? Es war lange her, seit seine erwachsene Tochter in diesem Alter gewesen war. Ihr lockiges Haar wurde nur mühsam von einem Haargummi zusammengehalten. „Willkommen in Lochguard, Lorcan und Caitlin! Wir haben uns schon einmal kurz während der

Clanführer-Prüfungen von Glenlough kennengelernt, aber falls ihr euch nicht erinnert – ich bin Faye MacKenzie, eine der obersten Beschützerinnen hier.“ Sie hob die Hand ihrer Tochter, um sie winken zu lassen. „Und das ist unsere kleine Isla. Sag Hallo, Liebling.“

Unwillkürlich musste er die junge Frau mit ihrem Baby anlächeln.

Und obwohl seine Stieftochter Teagan inzwischen selbst ein Kind hatte, verspürte Lorcan immer noch einen Stich, wenn er sich fragte, ob seine eigene Tochter jemals einen Gefährten finden und ihm Enkel schenken würde.

Doch er verdrängte den Gedanken schnell. Er musste sich auf die Personen hier konzentrieren und nicht auf Georgiana. „Hallo, Isla, Faye. Das hier ist meine Gefährtin, Caitlin.“ Sobald die beiden Frauen einander anlächelten und zunickten, fragte er: „Sind Teagan und Aaron schon da?“

Teagan O’Shea war die Clanführerin von Glenlough, einem von vier Drachenclans in der Republik Irland. Erst seit wenigen Jahren hatten Glenlough und Northcastle eine freundschaftliche Verbindung, hauptsächlich durch das Familienband zwischen Caitlin und Teagan.

Und dieses Band brachte Northcastle große Vorteile, denn die Anführerin von Glenlough war mit Aaron Caruso gepaart – einem Drachenmann aus Stonefire.

Aye, zwischen seinem Clan, Glenlough und

Stonefire unten in England gab es einige komplizierte Verbindungen.

Faye schüttelte den Kopf. „Noch nicht. Es dauert länger, weil sie mit ihrem Baby im Auto reisen müssen, und Teagan hat auch gesagt, sie habe noch ein paar Dinge zu erledigen. Irgendwas mit letzten Anweisungen für ihren Bruder."

Killian O'Shea hatte eine noch kompliziertere Vergangenheit als die meisten. Doch er war Teagans Bruder. Er hatte eine Zeit lang an Amnesie gelitten und danach eine Weile bei Clan Stonefire verbracht. Derzeit lebte er wieder in Glenlough – zusammen mit seiner Gefährtin Brenna aus Stonefire sowie ihrem Vater und ihrem kleinen Bruder.

Caitlin schüttelte den Kopf. „Wenn Aaron Teagan dazu bringt aufzubrechen, ist das schon ein Wunder. Seit den Schwierigkeiten vor einer Weile verlässt sie ihren Clan nur ungern für längere Zeit."

Lorcan legte einen Arm um Caitlins Taille und drückte sie. „Mach dir keine Sorgen um deine Tochter. Aaron gehört zu den wenigen, die sie dazu bringen können, was zu tun, das sie eigentlich nicht will. Vielleicht ist er sogar noch sturer als sie – wenn das überhaupt möglich ist."

Faye grinste. „Irgendwann sollte es mal einen Wettbewerb geben, um herauszufinden, welcher Drachenwandler der sturste ist."

Lorcan lachte laut auf. „Das würde ich gern sehen! So mancher Mann würde dabei wohl einen Schlag für seinen Stolz einstecken müssen."

Caitlin verdrehte die Augen. „Frauen auch. Aber hoffen wir lieber, dass unser Besuch hier etwas produktiver verläuft, als einen ‚Sturster Arsch'-Wettbewerb zu planen."

Isla zappelte, als wollte sie aus den Armen ihrer Mutter springen. Faye rückte sie zurecht. „Das ist unser Zeichen, dass wir losgehen sollten – also zieht euch besser an. Ich schwöre, sie hat das Zeitgefühl und die Pünktlichkeit ihres Vaters."

Lorcan und Caitlin zogen sich schnell an und nahmen ihre Umhängetaschen auf. Im Gehen fragte Lorcan: „Wo ist Grant?"

Faye antwortete, während sie versuchte, ihre Tochter ruhig zu halten: „Ihr seid nicht die ersten Gäste. Er hilft gerade den Anführern von Skyhunter und Stonefire."

„Stonefire ist schon da?"

Faye zuckte mit einer Schulter. „Ich glaube, Bram und Evie wollten einen Babysitter für ihre drei Kinder." Sie senkte dramatisch die Stimme. „Oder Bram will Finn einfach noch ein bisschen ärgern, solange er kann."

Lorcan schnaubte. Finn und Bram verhielten sich in ihren Konferenzgesprächen eher wie Brüder, was bedeutete, dass sie sich ständig gegenseitig aufzogen, anstachelten und nervten. „Du tust ja so, als würden sie sich benehmen, wenn alle hier sind. Aber das bezweifle ich. Nicht, dass es mir was ausmacht. Es ist eine gewaltige Verbesserung gegenüber früher."

Damals, als die Clans kaum miteinander

kommuniziert hatten – oder schlimmer. Die Beziehungen zwischen Northcastle und den irischen Drachenclans waren nicht immer so friedlich gewesen wie heute. Dasselbe galt einst auch für die anderen britischen Drachenclans.

Sein Drache gähnte. *Mach dir darüber keine Sorgen. Konzentrier dich auf das Hier und Jetzt – und darauf, dass wir, sobald diese Woche vorbei ist, offiziell mit unserer Gefährtin in den Ruhestand gehen.*

Fayes Tochter lehnte sich zur Seite und machte sich absichtlich schwer. Offensichtlich wollte sie runter, doch die Drachenfrau schüttelte den Kopf. „Nein, Isla. Du kannst noch nicht weit allein laufen. Ich trage dich." Sie senkte die Stimme. „Ich wünschte, du würdest noch in meine Bauchtrage passen."

Caitlin lächelte. „Aye, sie kommt gerade in ein schwieriges Alter. Aber sobald sie anfängt zu gehen und zu laufen, musst du noch vorsichtiger sein und noch mehr aufpassen, vor allem, wenn sie neugierig ist."

Faye seufzte. „Ist sie."

Caitlin schmunzelte. „Dann solltest du euer Haus am besten jetzt schon präparieren." Sie lächelte wehmütig. „Nicht mehr lange, und auch mein Enkel erreicht dieses Stadium. Sie werden so schnell groß!"

Faye nickte und sah zu ihrer Tochter hinab. „Aye, das tun sie." Sie rückte Isla zurecht und fügte hinzu: „Aber um ehrlich zu sein, solange Isla nicht wie ihre Cousine Freya zu früh lernt, sich in einen Drachen zu wandeln, komme ich klar."

Während Caitlin und Faye so über Babys und die verschiedenen Phasen sprachen, ging Lorcan einfach weiter, die Hand seiner Gefährtin in seiner und schwelgte im Frieden und der Normalität des Tages.

Er hatte im Laufe der Jahre reichlich Drama, Kämpfe und Politik gehabt.

Und er war mehr als bereit für ruhige, langsamere Tage mit Caitlin an seiner Seite.

Sein Tier ergriff das Wort. *Bald. Aber erst müssen wir das Chaos dieser Woche hinter uns bringen.*

Mit dieser Woche komme ich klar, Drache. Auch wenn alle Anführer jünger sind als ich, kann ich mich behaupten.

Sein Tier brüstete sich ein wenig. *Natürlich können wir das.*

Schließlich erreichten sie das Cottage, in dem sie untergebracht waren. Doch kaum näherten sie sich, öffnete sich die Tür und eine blasse Drachenfrau, ein wenig älter als er selbst, trat heraus. Sie hatte blondes Haar mit reichlich Silber darin und ein breites Grinsen im Gesicht. „Ihr seid da! Kommt nur herein! Ross und ich haben alles vorbereitet, und sobald ihr euch eingerichtet habt, zeigen wir euch ein bisschen die Gegend."

Bevor Lorcan etwas sagen konnte, meldete sich Faye zu Wort. „Mum, lass mich euch zuerst vorstellen." Sie warf Lorcan und Caitlin ein entschuldigendes Lächeln zu. „Finn dachte, es wäre eine gute Idee, jeden Clanführer mit jemandem aus dem Clan zusammenzubringen, damit für bestmögliche Gastfreundschaft gesorgt ist. Das ist meine Mutter, Lorna Anderson. Mum, das sind Lorcan und Caitlin Todd aus Northcastle."

Lorna winkte das ab. „Aye, das weiß ich doch. Jetzt kommt schon. Ich habe Scones, die noch warm aus dem Ofen sind, und wenn wir uns nicht beeilen, isst mein Gefährte sie alle auf. Für einen Menschen hat Ross einen erstaunlichen Appetit!"

Bevor Lorcan auch nur blinzeln konnte, hatte Lorna sie ins Cottage und direkt in die Küche bugsiert. Ein Menschenmann ungefähr in Lornas Alter stand dort mit einem Scone in der Hand.

Lorna ging zu ihm hinüber und schlug ihm auf den Arm. „Iss sie nicht alle auf, Ross Anderson! Ich werde mindestens ein paar Tage lang keine neuen backen können."

Ross zwinkerte seiner Gefährtin zu und nahm einen großen Bissen. Lorcan schaffte es irgendwie, nicht laut zu lachen, und er sah, wie auch Caitlin sich auf die Lippe biss.

Lorna blickte zur Decke. „Manchmal frage ich mich wirklich, warum ich mir überhaupt die Mühe mache." Sie schob ihren Gefährten von der Arbeitsfläche weg – und damit außer Reichweite der Scones –, bevor sie auf den Tisch in der kleinen Küchennische deutete. „Setzt euch."

Und während Lorna dafür sorgte, dass sie bequem saßen – und ihrem Gefährten immer wieder tadelnde Blicke zuwarf, wenn er versuchte, noch mehr Gebäck zu stibitzen –, entspannte

Lorcan sich. Das, was Lorna und Ross hatten, hätte bald auch er – viel Zeit mit seiner Gefährtin, in der sie die kleinen Dinge des Lebens genießen konnten, ohne sich um Größeres sorgen zu müssen, als darum, wie er Caitlin zum Lachen, zum Lächeln oder dazu bringen konnte, vor Lust zu schreien.

Aye, es sollte eine gute Woche werden.

Vorausgesetzt, Teagan tauchte auf und bereitete ihrer Mutter keine Sorgen.

Kapitel Vier

Rhydian Griffiths sah zu, wie seine Gefährtin Delaney das neueste Kinderbuch, das sie geschrieben hatte – eines, das noch nicht veröffentlicht worden war –, einer Gruppe aus menschlichen und Drachenwandler-Kindern vorlas, und lächelte bei diesem Anblick.

Obwohl sie erst heute Morgen nach der langen Fahrt aus Snowridge – seinem Clan in Nordwales – angekommen waren, die sie wegen ihrer kleinen Kinder und Delaneys noch früher Schwangerschaft hatten unternehmen müssen, strahlte sie förmlich.

Natürlich. Sie liebt es, Kindern Geschichten vorzulesen, egal ob unseren oder anderen, kommentierte sein innerer Drache.

Stimmt, aber ich glaube, es ist mehr als das. Ich denke, es hat auch damit zu tun, dass sie mit anderen Menschen interagieren kann.

Snowridge würde bald seine erste Gruppe Menschenfrauen empfangen, um zu sehen, ob eine von ihnen vielleicht Interesse an den unverpaarten Drachenmännern seines Clans hatte. Es war ein langer Prozess gewesen, dafür zu sorgen, dass sein Clan sicher war – da Snowridge abgeschiedener lag, hatten sie weniger regelmäßigen Kontakt mit Menschen –, doch schließlich hatten er und seine Beschützer ein gutes Gefühl bei dem Gedanken gehabt, Menschen auf ihr Land einzuladen.

Und seine Gefährtin war natürlich am aufgeregtesten von allen, da sie der einzige Mensch in Snowridge war. Als Delaney die Geschichte beendete, kam ihre Freundin Holly MacKenzie zu ihr, flüsterte ihr etwas zu, und die beiden lächelten einander an. Holly war ein Mensch und mit einem Drachenmann aus Lochguard verpaart. Die beiden hatten sich ursprünglich in Snowridge kennengelernt, lange vor der Geburt seines Sohnes Damien. Es war schön zu sehen, wie seine Gefährtin mit ihrer Freundin plauderte.

Sein Drache sprach erneut. *Hier in Lochguard gibt es mehrere Menschen, Männer wie Frauen. Vielleicht findet sie diese Woche noch mehr Freunde, dann kannst du aufhören, dich so schuldig zu fühlen.*

Vielleicht. Obwohl es mir lieber wäre, wenn sie mit den Männern nicht zu vertraut würde.

Sein Tier schnaubte. *Alle sind völlig vernarrt in ihre Gefährtinnen, so behauptet es zumindest Finn. Du musst dir keine Sorgen machen.*

Rhydian brummte nur zur Antwort.

Ehrlich gesagt waren die menschlichen Männer in Lochguard, die mit Drachenwandlerinnen verpaart waren – insgesamt drei –, eine Überraschung für Rhydian gewesen. Von einer ähnlichen Paarung in Snowridge, zwischen menschlichem Mann und Drachenfrau, zumindest in jüngerer Zeit, hatte er noch nie gehört.

Obwohl, wenn Holly MacKenzies Theorien stimmten, wie Delaney es ihm erzählt hatte, dann würde die Paarung menschlicher Männer mit Drachenwandlerinnen helfen, das Ungleichgewicht der Geburten zu lösen, dass gewöhnlich mehr männliche als weibliche Drachen geboren wurden. Denn anscheinend führte eine Paarung zwischen menschlichem Mann und Drachenfrau zu einer deutlich höheren Wahrscheinlichkeit für ein weibliches Kind – höher als bei jeder anderen Kombination.

Er widerstand einem Seufzen und sagte zu seinem Drachen: *Und wir haben gerade einmal eine einzige Menschenfrau in Snowridge, und schon das war ein harter Kampf. Wenn wir versuchen, menschliche Männer einzuladen, wird das die älteren Clanmitglieder noch viel mehr verärgern.*

Das wird sich schon bald ändern. Denk daran, Lochguard und Stonefire erlauben menschliche Gefährten schon viel länger als wir. Vielleicht sind wir in zwei oder drei Jahren an einem ähnlichen Punkt.

Das hoffte er – um seines Clans willen, der dringend neues Blut brauchte.

Als Delaney jedoch schließlich aufstand und zu ihm herüberkam, verdrängte Rhydian seine Sorgen um den Clan kurz. Der Aufenthalt in Lochguard sollte teilweise auch Urlaub für sie sein, und er wollte die Zeit mit seiner Gefährtin genießen.

Sobald Delaney bei ihm angekommen war, nahm er ihre Hand und zog sie an seine Seite. „Ich glaube, ihnen hat die neue Geschichte gefallen, Liebling. Und das sage ich nicht nur so."

Sie schmiegte sich an ihn. „Ich denke, du hast recht. Ich würde die Kinder ja direkt fragen, aber so wie ich Rian kenne, läuft er wahrscheinlich gerade herum und sagt allen, wie großartig sie ist – und fordert sie damit geradezu heraus, was anderes zu behaupten."

Er entdeckte Rians rotbraunes Haar, wie er von einem Kind zum nächsten ging und dabei lebhaft redete. Der Junge war Delaneys verwaister Neffe und ihr Adoptivsohn. Und wenn er wollte, konnte er ziemlich charmant sein.

Rian würde eines Tages noch für Ärger sorgen, das war sicher.

Rhydian lachte leise. „Kein Zweifel, Rian macht gerade Werbung für deine Geschichte. Aber ich glaube, nicht einmal er hat alle von deiner Großartigkeit überzeugen können, bevor du vorgelesen hast, da wir erst vor einer Stunde angekommen sind und alle Kinder völlig in die Geschichte vertieft waren." Er warf einen Blick zur Seite, wo Fraser MacKenzie – Hollys Drachengefährte – mit Rhydians und Delaneys Baby sowie seinen eigenen Zwillingsmädchen saß. Alle Kinder schliefen. „Außer vielleicht die ganz Kleinen. Aber wenn deine Geschichte Babys zum

Einschlafen bringt, wird sie noch erfolgreicher als die anderen."

Delaney knuffte ihn in die Seite. „Die haben schon geschlafen, bevor ich angefangen habe, du verdammter Drachenmann."

Lachend küsste er sie oben auf den Kopf. „Wenn du meinst."

Sie streckte ihm die Zunge heraus, und er konnte sich ein Grinsen nicht verkneifen.

Er wollte gerade vorschlagen, Hollys und Frasers Angebot anzunehmen, eine Weile auf Rian und Damien – ihren Jüngsten – aufzupassen, als Finn Stewart und Bram Moore-Llewellyn, die Anführer von Lochguard beziehungsweise Stonefire, auf sie zukamen.

So sehr er sich auch etwas Zeit allein mit seiner Gefährtin wünschte – die beiden Männer konnte er nicht ignorieren. Dass Finn überhaupt die Erlaubnis bekommen hatte, ein Treffen wie dieses zu organisieren, war ein verdammtes Wunder, und etwas, das Rhydian niemals als selbstverständlich ansehen würde.

Er nickte den beiden zur Begrüßung zu, doch Bram ergriff als Erster das Wort. „Das war eine großartige Geschichte, Delaney! Vielleicht kann ich dich ja überreden, auf dem Heimweg in Stonefire vorbeizukommen und sie meinem Clan vorzulesen. Ich weiß, dass die kleine Daisy – unser einziges Menschenkind dort – sie lieben würde."

Rhydian runzelte die Stirn bei dem Gedanken, einen zusätzlichen Halt einzulegen, der seine schwangere Gefährtin vielleicht zu sehr anstrengen könnte. Doch Delaney antwortete, bevor er etwas sagen konnte. „Es wäre doch schön, die Fahrt ein wenig zu unterbrechen, findest du nicht, Rhydian?“

Sein Ärger wurde zu Sorge. „Bist du von der Fahrt erschöpft? Musst du dich ausruhen?“

Sie lächelte ihn an und schmiegte sich ein wenig mehr an seine Seite. „Mir geht's gut, versprochen.“ Dann sah sie Bram und Finn an. „Bitte sagt mir, dass ihr bei euren schwangeren Gefährtinnen nicht ganz so überfürsorglich seid.“

Bram lächelte, doch Rhydian bemerkte, wie Finn einen Moment zögerte, bevor er schmunzelte. Bram antwortete: „Oh, ich war bei Evie viel schlimmer, aber sie hat mir ziemlich deutlich gesagt, wo ich mir meine übertriebene Fürsorge hinschieben kann. Hat allerdings nichts geändert.“

Finn zuckte mit den Schultern. „Und Ara hat Drillinge bekommen, also, aye, ich war überfürsorglich. Mehr, als du dir vorstellen kannst.“

Delaney seufzte. „So viel dazu, dass ihr mir helfen könntet, Rhydian davon zu überzeugen, ein bisschen lockerer zu werden.“

Er legte seine Hand an ihren unteren Rücken und streichelte ihn in langsamen Kreisen. „Du kannst dich mit deinem rechten Haken mehr als gut selbst verteidigen, aber mit einem Drachenmann, der seine Gefährtin beschützt, kannst du niemals mithalten.“

Da Delaney früher Profiboxerin gewesen war, zuckte sie bei der Erwähnung ihres rechten Hakens nicht einmal mit der Wimper. „Gut, dass du das weißt, Rhydian. Sonst muss ich eines Tages vielleicht einen Boxkampf mit ein paar dieser mürrischen Drachenmänner veranstalten, um meinen Standpunkt zu beweisen."

Sowohl Mann als auch Drache knurrten innerlich bei dieser Vorstellung. Da er wusste, dass sie ihn nur ärgern wollte – Rhydian hatte ihr schließlich klar gemacht, dass sie während der Schwangerschaft gegen niemanden boxen würde –, konzentrierte er sich wieder auf Brams ursprünglichen Vorschlag. „Wir können auf dem Heimweg in Stonefire halten, wenn du möchtest. Carys und Wren wird es nichts ausmachen, noch ein oder zwei Tage länger auf den Clan aufzupassen."

Liebe erfüllte Delaneys Augen, als sie zu ihm aufblickte, und der zusätzliche Tag ihrer Reise schien plötzlich eine Kleinigkeit zu sein.

Nachdem er das Lächeln erwidert hatte, wandte Delaney sich wieder an die beiden Clanführer. „Dann können wir später noch über die Details sprechen, Bram. Im Moment meine ich allerdings zu sehen, dass mein Jüngster unruhig wird. Und glaubt mir – er wird wie am Spieß schreien, wenn ich ihn nicht bald füttere."

Bram verzog das Gesicht. „Oh, das kenne ich. Genau deshalb ist Evie mit unserem Jüngsten im Cottage geblieben und nicht hier. Mein jüngster Sohn ist vermutlich eine Meile weit zu hören."

„Vielleicht sollten wir sie zusammenbringen und sehen, ob sie sich gegenseitig beruhigen."

Bram zuckte mit den Schultern. „Einen Versuch wäre es sicherlich wert. Ich weiß, dass Evie ohnehin irgendwann alle kleinen Kinder zusammenbringen möchte. Sie meinte irgendwas davon, dass wir von Anfang an starke Verbindungen schaffen sollten."

Finn stieß Bram spielerisch mit dem Ellbogen in die Seite. „Vielleicht kann unsere kleine Freya ihnen allen beibringen zu wandeln."

Bram seufzte. „Mach darüber keine Scherze!"

Delaney drückte Rhydians Hand, bevor sie sich entschuldigte. Sobald sie Damien auf den Arm genommen hatte, ging sie zusammen mit Holly davon. Die Menschenfrau und ihr Drachengefährte waren Rhydian und Delaney zugeteilt worden. Sie sollten sicherstellen, dass sie während ihres Aufenthalts in Lochguard alles hatten, was sie brauchten.

Finn ergriff das Wort. „Ich habe gehört, dass bald eine Gruppe von Opfern nach Snowridge kommt, aye?"

Rhydian nickte. „Ja. Wenn ihr uns also ein paar Tipps geben könntet, wäre das wirklich hilfreich. Ich weiß, dass es nach den neuen Regeln den Menschen selbst überlassen bleibt, ob sie jemanden finden, der zu ihnen passt, aber ich möchte es ihnen so leicht wie möglich machen. Nicht nur, um meinem Clan zu helfen – Delaney könnte auch ein paar menschliche Verbündete gebrauchen."

Finn klopfte ihm auf den Rücken. „Aye, dann

komm mit Bram und mir. Wir haben in den letzten Jahren das ein oder andere gelernt und können dir ein paar Tipps geben."

Und während er mit Finn und Bram in einen kleinen Besprechungsraum ging, entspannte Rhydian sich ein wenig und nahm all die Informationen auf, die sie für ihn hatten. Er hatte gezögert, so weit von seinem Zuhause in Wales zu reisen, doch am Ende war er doppelt froh, dass er gekommen war. Nicht nur hatte Delaney Holly wiedersehen können, sondern jetzt bekam er auch noch Informationen, die er bald gut gebrauchen konnte. Deutlich bessere Informationen als die, die das Ministerium für Drachenangelegenheiten – das MDA – ihnen geliefert hatte.

Trotzdem hoffte er auch auf ein wenig Zeit allein mit seiner Gefährtin. Doch eins nach dem anderen – Rhydian stellte Bram und Finn jede Frage, die ihm einfiel, um sich selbst und damit auch seinen Clan besser vorzubereiten.

Kapitel Fünf

Als Teagan O'Shea – die Anführerin von Clan Glenlough in Irland –, ihr Gefährte Aaron Caruso und ihr Sohn Kellan sich den Toren von Lochguard näherten, juckte es Teagan in den Fingern, zu wandeln und ein wenig überschüssige Energie loszuwerden.

Sie liebte ihren Gefährten und ihren Sohn, doch die Fahrt nach Lochguard – einschließlich der Überfahrt mit der Fähre über die Irische See – hatte selbst ihre Geduld auf die Probe gestellt. Vor allem, weil die Reise mit dem Auto bedeutete, noch mehr Tage nicht in Glenlough sein zu können.

Ihr Drache schnaubte. *Killian, Brenna und Lyall haben das Sagen und werden das schon schaffen. Es gibt keine unmittelbaren Bedrohungen, keine Herausforderungen durch die anderen irischen Clans, und wir haben die Erlaubnis, hier zu sein.*

Ich bleibe trotzdem nicht gern länger weg, als ich sollte.

Sieh es als kurzen Urlaub. Außerdem wird Mam auch in

Lochguard sein und Zeit mit Kelly verbringen wollen, was bedeutet, dass wir mit Aaron allein sein können.

Teagan sah zu ihrem Gefährten hinüber, der gerade am Steuer saß, und lächelte. *Aye, das wird schön.*

Aarons Lippen verzogen sich zu einem Schmunzeln. „Stellst du dir wieder vor, was sich unter meiner Kleidung befindet?"

Sie verdrehte die Augen. „Vielleicht denke ich eher daran, wie du dich geweigert hast, in Liverpool, als wir von der Fähre kamen, nach dem Weg zu fragen – und wie uns das zwei zusätzliche Stunden Fahrt eingebracht hat."

Er hob eine dunkle Augenbraue und warf ihr einen kurzen Blick zu. „Liverpool gehört nicht gerade zu den drachenwandlerfreundlichsten Städten, Liebling. Also nein, ich hatte nicht vor, einfach in einen Zeitungsladen zu joggen, nach dem Weg zu fragen und damit meine Familie in Gefahr zu bringen. Beim nächsten Mal sorge ich dafür, dass wir ein Navi dabeihaben."

In der Eile des Aufbruchs von Glenlough – Teagan hatte immer wieder neue Dinge gefunden, um die sie sich noch kümmern musste, bis Aaron sie schließlich einfach hochgehoben und hinausgetragen hatte – hatte sie vergessen, die kleine Tasche mit dem Navigationsgerät mitzunehmen.

Sie seufzte, besonders da der Handyempfang hier unzuverlässig war und daher keine wirkliche Alternative darstellte. „Tut mir leid, dass ich es vergessen habe."

„Schon gut. Außerdem weiß ich, dass du nur schlecht gelaunt bist, weil du so lange im Auto eingesperrt warst.“ Er warf ihr erneut einen Blick zu, diesmal voller Humor. „Und das ist nichts im Vergleich zu den letzten Monaten deiner Schwangerschaft. Ich bin mir immer noch hin- und hergerissen, ob ich weitere Kinder will, wenn das bedeutet, das nochmal durchzumachen.“

Sie streckte ihm die Zunge heraus. „Versuch du doch mal, jemanden in dir wachsen zu lassen, während du gleichzeitig einen Drachenclan leitest, dann sehen wir ja, wie gut du das schaffst.“

Er berührte kurz ihre Hand, bevor er wieder das Lenkrad ergriff. „Das überlasse ich dir. Wie du immer sagst: Wir Männer würden vor Anstrengung ständig in Ohnmacht fallen.“

Sie lachte. „Ich muss zugeben, das wäre tatsächlich ein Anblick – wie du ohne ersichtlichen Grund in Ohnmacht fällst.“

„Ich falle nicht in Ohnmacht.“

Bevor sie widersprechen konnte, hielt Aaron endlich vor den Metalltoren an, in die das Wort ‚Lochguard’ kunstvoll eingearbeitet war. Eine Stimme kam über den Lautsprecher und fragte, wer sie seien. Sobald Aaron ihre Namen genannt hatte, schwangen die Tore nach innen auf, und er fuhr hindurch.

Als er den Wagen parkte, überkam Teagan ein Gefühl von Ruhe. Nach Monaten voller unsicherer Beziehungen zu den drei anderen irischen Drachenclans war es angenehm, an einem Ort anzukommen, an dem sie jedem anwesenden Anführer vertrauen konnte.

Auch wenn sie die Anführer von Snowridge oder Skyhunter nicht so gut kannte wie die von Stonefire, Lochguard und Northcastle – Finn und Bram hätten niemanden eingeladen, dem sie nicht voll und ganz vertrauten. Vor allem, da jeder seine Kinder und Gefährten zu diesem Treffen mitgebracht hatte. Und Bram und Finn würden sich eher eine Gliedmaße abschneiden, als ihre Familien in Gefahr zu bringen.

Die blasse, braunhaarige Gestalt von Grant McFarland trat aus dem Gebäude und winkte ihnen zu. Teagan hatte ihn seit den Clanführer-Prüfungen von Glenlough nicht mehr persönlich gesehen, doch es war schön, ein vertrautes Gesicht hier zu haben.

Sie stieg aus, während Aaron damit beschäftigt war, ihren Sohn Kelly aus dem Wagen zu holen. Sie schüttelte Grants ausgestreckte Hand und sagte: „Tut mir leid, dass wir einen Tag später angekommen sind als geplant."

Grant ließ ihre Hand los und zuckte mit den Schultern. „Dass ihr es trotz der Entfernung überhaupt geschafft habt, euch loszureißen, macht das mehr als wett." Aaron trat mit Kelly auf dem Arm zu ihnen. Nachdem Grant ihm zugenickt hatte, fügte er hinzu: „Ich wünschte, Faye und ich hätten Zeit, eure offiziellen Gastgeber zu sein, aber wie ihr euch vorstellen könnt, sind die Sicherheitsmaßnahmen im Moment ziemlich streng."

Aaron grunzte. „Solange wir irgendwo schlafen und duschen können, bin ich zufrieden."

Grant bedeutete ihnen, ihm in das Hauptgebäude der Beschützer zu folgen. „Oh, aye, das werdet ihr. Allerdings war es gar nicht so leicht, jemanden zu finden, der kein kleines Kind hat, das eure Familie die ganze Nacht wachhält. Aber Sylvias und Jakes Tochter ist alt genug, um durchzuschlafen, und benimmt sich normalerweise gut, solange ihr Dad in der Nähe ist."

Teagan runzelte die Stirn, während sie versuchte, die Namen einzuordnen. „Kenne ich sie?"

„Nein, aber es gibt einen Grund, warum ich euch ihnen anvertraue. Jake Swifts Cousine ist nicht nur mit dem Anführer eines amerikanischen Drachenclans verpaart – dieselbe Cousine arbeitet auch für das amerikanische Department of Dragon Affairs. Wir versuchen schon seit einiger Zeit, Clan PineRock kennenzulernen – den amerikanischen Clan –, und dachten, dass ihr vielleicht ebenfalls die Gelegenheit dazu nutzen möchtet."

Sie grinste. „Du hast dir wirklich Gedanken gemacht. In einem anderen Leben hättest du Politiker oder Diplomat werden können, Grant."

Grant schüttelte den Kopf. „Nein, danke. Ich versuche lediglich, alles Erdenkliche für die Zukunft meiner Tochter zu tun." Er blickte zu Teagans Sohn hinüber. „Ich bin sicher, du verstehst das."

Teagan konnte nicht anders, als ebenfalls auf

ihren schlafenden Sohn hinunterzusehen. „Ja. Das tue ich."

Grant blieb vor einer Tür stehen, klopfte an und trat ein. Teagan und Aaron folgten ihm. Drinnen war ein Paar, das etwas älter war als sie und Aaron. Die Frau war eine hellhäutige Drachenwandlerin mit dunklem Haar und blauen Augen. Der Mann war ein Mensch und sogar noch blasser, mit rötlichem Haar und einem kurz geschnittenen Bart. Er hielt ein kleines Mädchen im Arm, das ihm ziemlich ähnlich sah.

Der Mann lächelte und sprach zuerst, sein Akzent eindeutig amerikanisch. „Ihr müsst Aaron und Teagan sein. Schön, euch kennenzulernen! Ich bin Jake Swift, das ist meine Gefährtin Sylvia, und dieses Mini-Ich hier ist unsere Tochter Sophie."

Nachdem auch sie ihre Familie vorgestellt hatte, sagte Teagan: „Ich glaube, du bist der erste Amerikaner, mit dem ich länger als ein paar Minuten sprechen werde. Wir haben gelegentlich Touristen in der Nähe von Glenlough oder in Letterkenny, aber nie direkt in unserem Clan."

Die Frau lächelte freundlich und meldete sich schließlich zu Wort, ihr Akzent verriet, dass sie Schottin war. „Aye, Jake wird mit Sicherheit länger als ein paar Minuten reden." Sylvia senkte ihre Stimme zu einem gespielten Flüstern. „Aber hütet euch vor seiner amerikanischen Überheblichkeit – ich meine vor seinem Selbstbewusstsein."

Als die Drachenfrau ihrem Gefährten

zuzwinkerte, konnte Teagan sehen, wie sehr die beiden einander liebten.

Jake legte einen Arm um Sylvia, küsste sie kurz und wandte sich dann wieder Teagan und Aaron zu. „Und ich habe keinerlei Problem damit, Zuneigung jederzeit und überall zu zeigen – sehr zu Sylvias Leidwesen."

Aaron seufzte. „Ich wünschte, ich könnte das auch sagen." Jake sah ihn neugierig an, und Aaron fügte hinzu: „Wir werden noch genügend Zeit haben, über den anhaltenden Chauvinismus älterer Drachenwandler zu sprechen und darüber, wie viel härter Teagan arbeiten muss, um zu beweisen, dass sie eine gute Anführerin ist."

Jake sah ihn mitfühlend an. „In der Nähe meiner Cousine gibt es ebenfalls eine weibliche Clanführerin, und ich habe Geschichten gehört. Es scheint also nicht nur in Irland ein Kampf zu sein."

Teagan wollte unbedingt mehr über diese andere Anführerin erfahren – weibliche Clanführer waren äußerst selten –, doch ihr Sohn regte sich, und sie kannte die Anzeichen gut genug, um zu wissen, dass er bald anfangen würde zu weinen, wenn sie ihn nicht bald fütterte. „Du musst mir später mehr darüber erzählen. Aber erst einmal müssen wir uns um Kelly kümmern, bevor seine Müdigkeit ihn einholt und er schlechte Laune bekommt. Es war eine lange Reise."

Sylvia nickte und deutete zur Tür. „Kommt mit uns, aye? Wir sorgen dafür, dass ihr beide was zu essen bekommt – und der Kleine auch. Einer der

Vorteile daran, dass ihr bei uns wohnt, ist, dass mir das Restaurant von Lochguard gehört. Wir können euch also fast jederzeit alles besorgen, was ihr wollt."

Und während sie und Sylvia sich darüber unterhielten, welches Essen ihre Kinder bisher am liebsten mochten, fühlte Teagan sich für einen Moment einfach wie jede andere Frau – und nicht wie eine Drachenwandlerin, die ständig abwägen musste, wie ihre Handlungen von ihrem Clan wahrgenommen werden würden.

Das freundliche Gespräch entspannte sie, und Teagan erkannte endlich, wie sehr sie diese Zeit fern von zuhause gebraucht hatte.

Sie warf einen kurzen Blick zu Aaron, der neben Jake ging, und konnte auch den Vorteil erkennen, neue Bündnisse zu knüpfen.

In den letzten Monaten hatte sie sich mit all dem Chaos zwischen den irischen Drachenclans oft sehr allein gefühlt, selbst mit Aaron und ihrer Familie an ihrer Seite. Doch hier und jetzt wurde ihr klar, dass sie nicht so allein war, wie sie immer gedacht hatte.

Und für den Rest ihrer Zeit in Lochguard war Teagan entschlossen, das Beste daraus zu machen.

Kapitel Sechs

Bram Moore-Llewellyn hätte Finn Stewart sein Leben anvertraut, wenn es darauf ankäme. Doch während er und seine Gefährtin Evie zusahen, wie einige Mitglieder des Lochguard-Clans seine Kinder wegtrugen, musste er sich beherrschen, nicht hinter ihnen herzujagen, um zu überprüfen, dass sie in Sicherheit waren.

Sein Drache schnaubte. *Layla ist Gregors Protegé und außerdem Ärztin. Und Gina und Kaylee sind beide über ihre Gefährten mit Finn verwandt. Unsere Kinder werden bei ihnen vollkommen sicher sein.*

Aye, vielleicht, wenn es nur unsere drei wären. Aber sie passen auf alle *Kinder der verschiedenen Clanführer auf.*

Sein Tier seufzte. *Sie haben zusätzliche Hilfe, darunter Laylas und Ginas Gefährten sowie die Krankenschwester Logan Lamont. Alles wird gut.*

Bevor er seinem Drachen antworten konnte, nahm Evie seine Hand und drückte sie. „Ich weiß, dass es dir manchmal Sorgen macht, nicht alles unter Kontrolle zu haben, aber lass dir dadurch nicht den Abend verderben. Finn hat sich viel Mühe gegeben, diesen ‚Date-Abend' für alle Anführer zu organisieren."

Er sah auf seine wunderschöne Gefährtin mit dem dunkelrotbraunen Haar hinunter und drückte ihre Hand. „Ich weiß, aber …"

Sie lächelte ihn an. „Aber selbst mit drei Kindern kannst du immer noch nicht glauben, dass du überhaupt eine Familie hast? Und du hast Angst, sie aus den Augen zu lassen?"

Bevor er Evie Marshall – seine wahre Gefährtin – kennengelernt hatte, hatte man Bram gesagt, dass er wahrscheinlich keine Kinder zeugen könne. Obwohl er nun schon seit Jahren Gefährte und Vater war, schätzte er seine Frau, seine Söhne und seine Tochter jeden einzelnen Tag und würde sie niemals als selbstverständlich ansehen. „Du kennst mich zu gut, Liebes."

Evie stellte sich auf die Zehenspitzen und küsste ihn kurz. „Das hoffe ich doch." Sie zog an seiner Hand. „Komm jetzt. In diesem Tempo werden wir die Letzten im Restaurant sein."

Auf der kurzen Strecke zum *Dragon's Delight* – Lochguards einzigem Restaurant – ließ er Evies Hand los, legte stattdessen einen Arm um ihre Schultern und zog sie enger an seine Seite.

Seine Gefährtin so nah bei sich zu haben, war etwas Einfaches – und doch hatte Bram nicht so viel Zeit, wie er gern hätte, um seine Frau einfach nur im Arm zu halten. Clanführer zu sein war ein wichtiger Teil seiner Identität, aber es war nicht immer leicht, Familie und Verantwortung miteinander zu vereinbaren.

Sein Drache meldete sich zu Wort. *Dann sorg dafür, dass du diesen Abend in vollen Zügen genießt – und verwöhne Evie ein bisschen.*

Sie betraten das Restaurant, und beide blieben ein paar Schritte hinter der Tür stehen und starrten auf die Szene vor sich.

Die Tische waren mit weißen Tischdecken gedeckt, und in der Mitte standen jeweils Kerzen und Blumen. Zusammen mit dem gedimmten Licht im Hauptraum schuf das eine romantische Atmosphäre.

Und das noch bevor man überhaupt die leise Musik wahrnahm, die durch den Raum plätscherte.

Evie schmiegte sich an seine Seite. „Es ist wunderschön."

Das war es – und Bram würde Finn dafür irgendwann widerwillig danken müssen.

Auch wenn es ihn ärgern würde. Er zog es vor, Finn absichtlich zu nerven, um es ihm heimzuzahlen, dass der Bastard ihn ständig mehr ärgerte.

Sein Drache lachte. *Hör auf. Er ist unser engster männlicher Freund, und das weißt du.*

Da er die Wahrheit nicht zugeben wollte, führte Bram Evie stattdessen die letzten Schritte zu den anderen Clanführer-Paaren, die bereits dastanden und warteten. Nun ja – alle außer Finn und Arabella.

Bevor er fragen konnte, wo sie waren, kamen die beiden aus einem Nebenraum. Als Bram Arabella lächelnd und glücklich sah, verflog sein Ärger darüber, Finn für irgendwas danken zu müssen. Die Frau hatte so viel durchgemacht, und dass Finn sie zum Strahlen brachte, bedeutete ihm viel.

Finn ergriff das Wort, und alle wandten sich ihm zu. „Ich freue mich, dass ihr es alle geschafft habt, euch loszureißen und es über euch gebracht habt, eure Kinder in der Obhut meiner Clanmitglieder zu lassen. Morgen wird zwar ein Arbeitstag sein, an dem wir Clanangelegenheiten besprechen, aber wir alle haben uns einen Abend voller Spaß und Entspannung verdient. Wenn ihr so seid wie ich, bekommt ihr nicht genug Zeit allein mit eurem Gefährten." Er sah zu Arabella hinunter, Hitze lag in seinen Augen, und ihre Wangen färbten sich rosa. Nachdem Finn sanft ihren unteren Rücken gestreichelt hatte, fuhr er fort: „Also genießt das Abendessen mit eurem Partner. Ich werde mein Bestes tun, nicht zu lauschen – obwohl wir, außer Delaney und Evie, alle Drachenwandler sind und wahrscheinlich jedes Wort hören können. Also behaltet das im Hinterkopf, aye?"

Leises Lachen ging durch die Gruppe, bevor Arabella schließlich das Wort ergriff.

„Nach dem Essen werden wir allerdings ein paar Spiele im kleinen Veranstaltungsraum spielen." Sie deutete in die Richtung, aus der sie und Finn gerade gekommen waren. „Also verschwindet nicht alle sofort."

Finn grinste. „Ihr könnt eure Gefährten später noch vernaschen. Diejenigen, die auf die Kinder aufpassen, haben angeboten, das auch über Nacht zu tun – falls ihr das möchtet, wie sie euch sicher gesagt haben." Er deutete gerade zu den Tischen, als einige Leute – größtenteils MacAllisters, soweit Bram sie von früheren Besuchen erkannte – in Kellneruniform herauskamen. „Sylvia und Connor MacAllister waren so freundlich, das Restaurant heute Abend für uns zu schließen, also seid nett zu ihnen und ihrem Personal, aye? Und jetzt setzen wir uns an unsere Tische und tun für ein paar Stunden so, als würde die Außenwelt nicht existieren."

Finn nahm Arabellas Hand und ging in eine Ecke des Raumes. Bram sah Evie an, und sie zeigte auf einen Tisch am Fenster.

Nachdem sie Platz genommen hatten, kam eine dunkelhaarige Frau mit blauen Augen auf sie zu. Evies Gesicht hellte sich auf, als sie sie erkannte. Sobald die Drachenfrau nahe genug war, sagte Evie: „Cat MacKintosh! Nach dem, was ich von deinem Gefährten weiß, wundert es mich, dass er dich so kurz nach der Geburt eures Babys schon aus dem Haus lässt!"

Cat verdrehte die Augen. „Mir geht's bestens. Ich habe Felicity ja nicht erst letzte Woche und nicht einmal vor einem Monat bekommen. Außerdem liebt meine Schwägerin ihre Nichte und hat nichts dagegen, auf sie aufzupassen. Und da mein Gefährte seiner Schwester vertraut, konnte er es mir nicht ausreden."

Sie warf einen Blick zu einem dunkelhaarigen menschlichen Mann am anderen Ende des Raumes, der vorgab, mit Rhydian und Delaney zu sprechen, in Wirklichkeit jedoch hauptsächlich Cat mit einem Stirnrunzeln beobachtete.

Bram konnte ein Schnauben nicht unterdrücken. Lachlan war ein Mensch, der ebenfalls für das MDA arbeitete und gelegentlich mit seiner Gefährtin Projekte übernahm, auch wenn Evie seit Jahren nicht mehr offiziell für das MDA tätig gewesen war. Er sagte: „Er ist genauso schlimm wie jeder Drachenmann. Es ist fast eine Voraussetzung, dass jeder menschliche Mann, der eine Drachenfrau will, ein bisschen so sein muss wie wir."

Evie hob eine Augenbraue. „Jeder Mensch – egal ob Mann oder Frau – braucht eine gewisse Sturheit und Rückgrat, um Gefährte eines Drachen zu sein. Ihr seid manchmal ganz schön anstrengend."

Trotz ihrer Worte sah Bram die Belustigung in ihren Augen tanzen. „Aye, aber du musst zugeben, dass es nie langweilig ist."

Evie lächelte. „Nein, das kann ich wirklich nicht behaupten."

Während er seine Gefährtin betrachtete, ihre schönen Augen und ihr Gesicht, wollte er das Essen am liebsten ganz ausfallen lassen und stattdessen sie verschlingen.

Doch Cat räusperte sich, bevor seine Gedanken sich zu sehr dem zuwandten, was er alles mit einer nackten Evie in seinem Bett anstellen wollte, und lenkte seine Aufmerksamkeit wieder auf sich. „Diesen Blick kenne ich, und Finn hat gesagt, dass sowas erst später dran ist.“ Sie reichte ihnen beiden jeweils einen Zettel. „Wir haben für euch alle eine besondere Speisekarte zusammengestellt, also lasst euch Zeit. Ich komme gleich wieder. Aber wenn ihr schon wisst, was ihr trinken möchtet, kann ich das gern aufnehmen.“

Da Bram die ganze Woche über einen klaren Kopf behalten wollte, bestellte er lediglich Mineralwasser. Nachdem Cat auch Evies Bestellung aufgenommen hatte und sie wieder allein waren, beugte er sich über den Tisch und ergriff eine von Evies Händen.

Während er mit dem Finger über ihren Handrücken strich und ihre Wärme genoss, sagte er: „Da wir uns darauf geeinigt haben, heute Abend nicht über die Kinder zu sprechen, erzähl mir, wann du zuletzt mit Lachlan gearbeitet hast. Ich hatte überlegt, ihn und Cat einmal zu uns einzuladen, damit Rafe für ein paar Tage menschliche Gesellschaft hat.“

Rafe Hartley war der einzige menschliche Mann, der in Stonefire mit einer Drachenfrau verpaart war. Außerdem arbeitete er – natürlich heimlich – mit der britischen Armee zusammen, um Operationen zwischen Menschen und Drachen zu unterstützen. Und auch wenn er Bram manchmal gewaltig auf die Nerven ging, war Rafe seiner Familie und dem Clan gegenüber loyal.

Evie zuckte mit den Schultern. „Lachlan hat mich kurz nach der Geburt seiner Tochter um Rat gefragt. Er hat jetzt so eine Art Vermittlerrolle zwischen menschlichen und Drachenwandler-Unternehmen. Ich dachte, es könnte sinnvoll sein, ihn einmal vorbeikommen zu lassen, um zu sehen, ob er in dieser Hinsicht helfen kann, denn einige Geschäfte im Lake District zögern noch immer, mit unseren Handwerkern zusammenzuarbeiten – zum Beispiel mit Dylan."

Dylan war der Silberschmied von Stonefire und ein äußerst talentierter Schmuckdesigner, der seit Jahren versuchte, menschliche Geschäfte dazu zu bringen, seine Arbeiten zu verkaufen – bislang meist ohne Erfolg. „Vielleicht kannst du morgen, während ich mich mit den anderen Anführern treffe, Cat und Lachlan besuchen und herausfinden, ob er eine Weile nach Stonefire kommen möchte." Er drückte ihre Hand. „Selbst wenn du nicht an der Besprechung teilnehmen kannst – du bist ein entscheidender Teil dafür, dass diese Reise ein Erfolg wird. Ich könnte Stonefire ohne dich nicht führen, Liebes."

Sie strahlte ihn an. „Könntest du schon, aber du wärst halb am Ende und voller sexueller Frustration." Sie beugte sich vor und senkte die Stimme. „Und das wollen wir doch nicht, oder?"

Als seine Gefährtin sich über den Tisch beugte, konnte Bram direkt in ihren Ausschnitt sehen. Der Anblick ihrer vollen Brüste ließ das Blut geradewegs in seinen Schwanz schießen.

Sein Drache seufzte. *Bist du sicher, dass wir nicht früher gehen und Evie sofort ins Bett bringen können?*

Ja. So sehr ich sie auch meinen Namen schreien hören will, wenn sie kommt – diese Woche gibt es zu viel zu tun. Und heute Abend geht es darum, die anderen besser kennenzulernen, sobald wir gegessen haben.

Dann sollten wir sie bald beanspruchen. Du warst dir nicht sicher, ob wir Eleanor, Murray und Gideon über Nacht weggeben sollen, aber ich denke, das sollten wir.

Ich werde Evie fragen und darüber nachdenken.

Evies Stimme riss ihn aus seinen Gedanken. „Will ich wissen, was dein Drache gerade sagt? Denn bei deinem Blick eben, bin ich sicher, dass es irgendwelchen Ärger bedeutet."

Er schmunzelte, zog ihre Hand zu sich heran und küsste den Handrücken. Dann ließ er seine Zunge kurz über ihre Haut gleiten, bevor er ihre verschränkten Hände wieder auf den Tisch legte. „Sagen wir einfach, mein Tier hat gute Argumente dafür, die Kinder über Nacht bei Layla und den anderen zu lassen."

„Wenn man bedenkt, wo wir sind und dass Finn niemals zulassen würde, dass ihnen was passiert, finde ich, wir sollten das tun." Sie warf ihm einen heißen Blick zu, sah einen Moment lang auf seine Lippen und dann wieder in seine Augen. Sie schnurrte: „Immerhin bin ich inzwischen viel besser darin geworden, einen gewissen Drachenmann zu verführen."

Er lachte leise. „Das war auch nicht schwer, wenn man überlegt, wie du am Anfang versucht hast, hohe Schuhe zu tragen und dabei fast gestolpert wärst, weil du dachtest, das würde mich irgendwie ins Bett locken."

Evie schnaubte. „Ich finde, ich habe mein Stolpern ziemlich gut kaschiert."

„Nicht gut genug." Er beugte sich näher zu ihr und sprach leise weiter. „Aber ich stimme dir zu – inzwischen bist du viel besser darin, mich zu verführen. Obwohl ich dir vielleicht noch ein paar Tricks beibringen kann."

Sie lächelte und ließ einen Finger über seinen Unterarm gleiten, eine Berührung, die erneut Hitze durch seinen Körper jagte. Evie sagte: „Dann finde ich, wir lassen die Kinder über Nacht hier, und du kannst mir was Neues beibringen."

Der Gedanke an eine nackte Evie, vielleicht sogar gefesselt, ließ seinen Schwanz erneut reagieren. Nur weil er Cat wieder auf sie zukommen sah, verzichtete er darauf, eine schmutzige Bemerkung zu machen. „Aye, das können wir tun. Und ich werde dir ein oder zwei Dinge zeigen." Er lehnte sich zurück und sah auf seine Speisekarte. „Aber dafür brauchen wir Energie, Liebes. Also sollten wir erst einmal essen und den Abend genießen – noch mit Kleidung."

Sie schnaubte leise und betrachtete ebenfalls die Karte.

Und während sie bestellten, aßen und über alles Mögliche plauderten, genoss Bram den Abend in vollen Zügen.

Zwar hatte er gehofft, auf dieser Reise stärkere

Bündnisse mit den anderen Anführern zu knüpfen, doch die Zeit fern von zuhause zeigte ihm auch, dass er in Stonefire mehr Verantwortung delegieren musste, damit er Evie einmal pro Woche zum Abendessen oder auf ein Date ausführen konnte. Der Kampf gegen die Drachenritter hatte zu viel seiner Zeit in Anspruch genommen, und er musste seiner Gefährtin wieder mehr Priorität einräumen.

Damit würde er noch heute Nacht anfangen – indem er andere auf seine Kinder aufpassen ließ, während er jeden Zentimeter ihrer wunderschönen Haut liebkoste.

Kapitel Sieben

Honoria Wakeham musterte ihren Gefährten, der ihr gegenübersaß, und konnte sich nicht entscheiden, ob sie seufzen oder ihn unter dem Tisch treten wollte.

Ihr Drache lachte. *Tritt ihn. Das ist im Moment die einzige Möglichkeit, seine Aufmerksamkeit zu bekommen.*

So wie Asher Connor MacAllister und dessen Mutter beobachtete, die von Tisch zu Tisch gingen und ihrem immer näher kamen, war Honoria sich nicht einmal sicher, ob er es überhaupt bemerken würde.

Sie hatten Connor nicht zu Gesicht bekommen, als sie und Asher hier zu Mittag gegessen hatten. Ihr Gefährte hatte mehrmals zurückgehen wollen, bis sie ihn endlich zu sehen bekamen, doch sie hatte ihn davon abgehalten und darauf hingewiesen, dass sie auch an den Ruf ihres Clans denken mussten. Und ein Co-Clanführer, der sich wie ein Stalker benahm und vielleicht, nur vielleicht einen jüngeren Mann zu einem Kampf herausforderte, um Connor von Aimee zu vergraulen, würde sie bei den anderen kaum beliebt machen.

Und so, wie Asher seine Augen zusammenkniff, während er beobachtete, wie der jüngere Mann über irgendetwas lachte, das der Anführer von Stonefire gesagt hatte, war Honoria sicher, dass es eine kluge Entscheidung gewesen war, ihn während dieses Besuchs nicht mit dem schottischen Drachenmann allein zu lassen.

Im Augenblick musste sie allerdings erst einmal dafür sorgen, dass Asher ein bisschen weniger feindselig wirkte, bevor Connor ihren Tisch erreichte.

Ihr Tier schickte ihr eine Idee, und Honoria lächelte. *Das könnte tatsächlich funktionieren.*

Unauffällig zog sie einen Schuh aus und hob den Fuß unter dem Tisch, bis er an Ashers Oberschenkel kam. Bei der Berührung warf er ihr kurz einen Blick zu, bevor er wieder finster Connor ansah.

Entschlossen, ihn abzulenken – auch wenn ihr Gefährte es ihr später wahrscheinlich heimzahlen würde –, ließ sie ihren Fuß langsam weiter seinen Oberschenkel hinauf und in Richtung seines Schambereichs gleiten.

Als sie schließlich begann, seinen Schwanz durch die Hose zu massieren, wandte Asher nicht nur seinen Blick zu ihr, sondern sie spürte auch, wie er unter ihrer Berührung hart wurde.

Als sie sanft drückte, holte Asher scharf Luft. „Was tust du da, Ria?“

Sie lächelte unschuldig. „Ich versuche nur, dich dazu zu bringen, mich länger als zwei Sekunden anzusehen.“

Während sie weiter seinen inzwischen harten Schwanz durch den Stoff seiner Hose streichelte, umklammerte Asher die Tischkante. Mit erstickter Stimme sagte er: „Jetzt hast du meine volle Aufmerksamkeit, also hör auf damit.“

Da sie Ashers befehlenden Tonfall mehr als gewohnt war, tat sie genau das Gegenteil. „Hm, vielleicht beeile ich mich lieber. Dann bist du nett und entspannt, wenn dein Erzfeind an unserem Tisch ankommt.“

Sie bemerkte, wie Asher sich auf die Innenseite der Wange biss, vermutlich um ein Stöhnen zu unterdrücken, während sie mit ihrem großen Zeh langsam über ihn strich. Einen Augenblick später antwortete er so leise, dass sie ihn kaum hören konnte – vermutlich, damit niemand sonst im Raum etwas mitbekam: „Wir müssen später noch bei diesen Spielen oder was auch immer mitmachen, erinnerst du dich? Ich habe nicht vor, in meiner Hose zu kommen und dann den ganzen Abend zu versuchen, das zu verbergen.“

Ihre Lippen zuckten bei dem Gedanken, wie Asher nach einem Kissen oder etwas Ähnlichem suchen würde, um seine Scham zu verbergen.

Sie unterbrach die Qual. „Dann versprich mir,

dass du *ihm* gegenüber höflich sein wirst, und ich höre auf."

„Ich will doch nur sicherstellen, dass er meiner Schwester nicht wehtut."

Honoria ließ ihre Stimme etwas weicher werden. „Ich weiß, Ash. Aber allem Anschein nach hat Arabella MacLeod sich endlich von ihrer Vergangenheit erholt, nachdem sie Finn gepaart hatte. Vielleicht braucht Aimee das Gleiche – und Connor wirkt zumindest bisher wie ein guter Kerl."

Asher starrte sie an, sein Gesichtsausdruck vorsichtig. Und für einen kurzen Moment blitzte Sorge in seinen Augen auf, bevor er sie verdrängte. „Wenn er mit mir nicht umgehen kann, ist er es nicht wert."

Honoria biss sich kurz auf die Lippe und überlegte, was sie sagen sollte. Schließlich waren er und seine Schwester jahrelang gefangen gehalten und gefoltert worden, also verstand sie durchaus, warum er wollte, dass Aimee einen starken Gefährten fand, der sie beschützen konnte.

Stärke bedeutete nicht immer körperliche Kraft oder Kampferfahrung. Doch Asher davon zu überzeugen, würde nicht leicht werden.

Sie entschied sich schließlich für einen anderen Ansatz. „Gib ihm einfach eine Chance. Mehr verlange ich ja nicht. Im Augenblick ist er nur Aimees Freund. Und ich denke, wir sind uns beide einig, dass sie davon so viele wie möglich braucht."

Asher sah ihr einen Moment lang in die Augen, bevor er seufzte und nickte. „Ich werde es versuchen.“ Und bevor sie auch nur blinzeln konnte, griff er unter den Tisch nach ihrem Fuß und kitzelte ihre Fußsohle.

Sie zuckte zusammen und lachte laut auf. Als der Tisch wackelte, versuchte sie, ihren Fuß zurückzuziehen, doch Asher grinste teuflisch und machte noch ein paar Sekunden weiter – bis der ganze Raum zu ihnen hinübersah.

Schließlich ließ er ihren Fuß los, und Honoria sah die anderen nur schulterzuckend an und sagte laut: „Ich bin halt kitzelig.“

Ein paar Lacher gingen durch den Raum, und sie grinste. Honoria ließ sich nicht leicht in Verlegenheit bringen. Und im Gegensatz zu Asher hatte sie kein Problem damit, einen Raum für sich einzunehmen.

Als sie wieder zu ihrem Gefährten sah, schüttelte er den Kopf. Sie zeigte auf ihn. „Du weißt, dass es mir egal ist, wenn alle starren. Am Ende bist du derjenige, dem es peinlich ist. Also merk dir das, wenn du das nächste Mal versuchst, dich in der Öffentlichkeit an mir zu rächen.“

Schalk blitzte in seinen Augen auf – nie ein gutes Zeichen. „Wenn ich jetzt einfach erwähnen würde, dass du während des Abendessens deinen Fuß nicht von meinem Schwanz lassen konntest, wäre dir das also egal?“

Auch wenn sie lieber nicht wollte, dass jeder von ihrem kleinen neckenden Füßeln wusste, würde sie sich nicht von ihrem Gefährten einschüchtern lassen. Sie zuckte mit den Schultern. „Wenn du das machst, würden wahrscheinlich alle Männer hier wollen, dass ihre Gefährtinnen dasselbe ausprobieren."

Eine schottische Männerstimme unterbrach Ashers Antwort. „Was ausprobieren?"

Als Honoria aufblickte und Connor MacAllister und Sylvia Swift sah, wurden ihre Wangen ein wenig warm. Der jüngere Drachenmann konnte eines Tages Teil ihrer Familie werden, falls sich zwischen ihm und ihrer Schwägerin irgendwas entwickelte. Und Honoria wollte lieber nicht, dass sein erster Eindruck von ihr der einer Frau war, die während eines besonderen Abendessens unter dem Tisch den Schwanz ihres Gefährten neckte.

Ihr Drache lachte. *Also kannst du* doch *verlegen werden.*

Still, Drache.

Asher sprach vor ihr, in einem entschieden trockenen Tonfall. „Glauben Sie mir, das wollen Sie nicht wissen."

Honoria dankte Asher innerlich dafür, dass er den Mund hielt, bevor sie Connor und seiner Mutter zulächelte. „Vielen Dank für das wunderbare Abendessen! Ich werde wahrscheinlich in den nächsten Raum watscheln müssen – ich habe so viel gegessen!"

Sylvia lächelte ebenfalls. „Das meiste davon ist meinem Sohn zu verdanken. Aber es freut mich, dass es Ihnen geschmeckt hat."

Honoria streckte Connor die Hand entgegen.

„Dann vielen Dank, Sir, für dieses großartige Essen!“

Connor schüttelte ihr die Hand und schmunzelte. Und obwohl in ihren Augen und ihrem Herzen kein Mann jemals mit Asher konkurrieren würde, konnte Honoria durchaus verstehen, warum Aimee den attraktiven jungen Mann möglicherweise interessant fand. Er ließ ihre Hand los und sagte: „Mein Ziel ist es, irgendwann mit anderen Clan-Restaurantbesitzern zusammenzuarbeiten und vielleicht eine weitere Niederlassung aufzubauen, bei der wir auch Menschen für besondere Veranstaltungen miteinbeziehen können. Heute Abend war also eine kleine Probe, um zu sehen, ob ich Gerichte entwickeln kann, die ich normalerweise nicht koche – solche, die allen schmecken sollten, basierend auf dem, was Sie Finn über Ihre Vorlieben geschrieben haben.“

Wenn man bedachte, dass der Mann erst Mitte zwanzig war, bewunderte Honoria das Selbstbewusstsein in seiner Stimme und seine Ziele. „Ich finde, Sie haben das sehr gut gemacht. Und ich kann dem Cafébesitzer in Skyhunter Ihre Kontaktinformation geben.“ Sie verzog das Gesicht. „Es ist allerdings schon Jahre her, seit wir ein richtiges Restaurant hatten.“

Connor nickte. „Das wäre großartig, Miss Wakeham. Vielleicht kann ich eines Tages Skyhunter besuchen und eine Partnerschaft aufbauen, um ein richtiges Restaurant für Sie zu eröffnen."

Asher grunzte, doch Honoria ignorierte weiterhin die schlechte Laune ihres Gefährten. „Es wird noch einige Monate dauern, bis ich mich wohl genug bei dem Gedanken fühle, Fremde einzuladen. Aber sobald sich alles beruhigt hat, können Sie gern so lange bleiben, wie Sie möchten. Nicht wahr, Asher?"

Sie hob eine Augenbraue, und er nickte widerwillig. Selbst mit seinen Vorbehalten gegenüber Connor und dessen Interesse an seiner Schwester würde Asher ein richtiges Restaurant in Skyhunter genauso begrüßen wie sie.

Es konnte nicht nur eine Möglichkeit sein, Asher dazu zu bringen, Connor eher zu akzeptieren. Falls sich zwischen ihm und Aimee tatsächlich etwas entwickelte, konnte Connor die Drachenfrau vielleicht sogar überreden, Skyhunter zu besuchen.

Natürlich wäre das nicht einfach – angesichts der finsteren Erinnerungen, die Aimee mit Skyhunter verband. Aber Honoria hegte dennoch Hoffnungen, die Drachenfrau würde eines Tages zurückkehren, wenn auch nur für kurze Zeit.

Honoria tauschte noch ein paar Höflichkeiten aus – während sie es gleichzeitig schaffte, ihren Schuh wieder anzuziehen –, bevor Connor und Sylvia zum letzten Tisch weitergingen. Da die meisten entweder fertig oder beim Dessert angekommen waren, vermutete sie, dass sie bald in den anderen Raum wechseln würden.

Also beugte sie sich vor, nahm eine von Ashers Händen und drückte sie. „Danke, dass du ihm gegenüber kein Arschloch warst!"

Asher grunzte. „Ich sage nicht, dass ich ihn mag. Aber wenn er tatsächlich ein Restaurant in Skyhunter aufbauen kann, könnte ich ihn vielleicht tolerieren."

Sie verdrehte die Augen. „Männer und ihre Mägen!"

Er zog sanft an ihrer Hand. „Mit was anderem kann meine Meinung sogar noch besser beeinflusst werden."

Als sein Blick sich erhitzte und seine Pupillen kurz aufblitzten, zogen sich ihre Brustwarzen zusammen. „Später, Ash."

„Dann werde ich den ganzen Abend über einfach flüstern, was ich mit dir vorhabe. So wird sogar dein Drache damit einverstanden sein, mir die Kontrolle zu überlassen, sobald wir endlich allein sind."

Ihr Drache summte. *Dagegen hätte ich nichts einzuwenden.*

Während sie noch versuchte, nicht zu lachen, erfüllte Finns Stimme den Raum.

„Da nun alle mit dem Abendessen fertig sind, lasst uns nach nebenan gehen, aye?"

Asher stand auf und bot ihr seine Hand. Sobald er ihr aufgeholfen hatte, zog er sie dicht an sich heran und flüsterte ihr ins Ohr: „Nur damit du es weißt – ich habe vor, dich langsam mit meiner Zunge zu quälen, dich an den Rand zu bringen, wieder aufzuhören und das immer wieder zu tun, bis du mich anflehst, dich endlich kommen zu lassen."

Ein prickelndes Gefühl der Vorfreude durchfuhr ihren Körper und endete zwischen ihren Schenkeln. „Versprochen?"

Er lachte leise, und das Geräusch machte Honoria weich. Ihr Gefährte lachte inzwischen häufiger als in den ersten Monaten, nachdem sie von ihrem Exil in Amerika zum Clan Skyhunter zurückgekehrt war – doch noch immer nicht oft genug für ihren Geschmack.

Nachdem er unauffällig ihren Po gedrückt hatte, knurrte er: „Ja" und ließ sie dann los.

Honoria strauchelte kurz, fing sich jedoch schnell wieder.

Asher legte eine Hand an ihren unteren Rücken und führte sie in den anderen Raum.

Ein Teil von ihr wünschte sich, dass die Unterhaltung bald endete, damit sie Asher ganz für sich allein haben konnte.

Ein anderer Teil hoffte jedoch, der Abend würde sich noch Stunden hinziehen, damit er ihr weiterhin schmutzige Dinge ins Ohr flüstern konnte.

Sie war einfach froh, dass sie nach Lochguard gekommen waren. Viel zu oft mussten sie ihre Beziehung zugunsten des Clans zurückstellen. Doch für ein paar kurze Tage konnten sie einfach nur Zeit miteinander genießen und sich daran erinnern, warum sie überhaupt Gefährten geworden waren.

Kapitel Acht

Am nächsten Nachmittag fiel es Finn schwer, sich auf all die Vorschläge, Debatten und das gelegentliche Sticheln der anderen Clanführer zu konzentrieren. Nicht weil er nicht dort sein wollte – die Tatsache, dass so viele Drachenclanführer freiwillig gemeinsam in einem Raum saßen, war eine gewaltige Sache –, sondern weil er sich Sorgen um Arabella machte.

Sie musste doch wissen, dass er ihre erneute Schwangerschaft bemerkt hatte. Schließlich war sein Duft mit ihrem vermischt, und er hätte schon ein Idiot sein müssen, um es nicht zu bemerken.

Und doch hatte sie es in den Wochen, seit es ihm aufgefallen war, kein einziges Mal angesprochen.

Sein Drache meldete sich zu Wort. *Wir geben ihr ein bisschen Zeit, um die Neuigkeit zu verarbeiten. Schließlich ist das eine große Sache. Die Drillinge sind eine Herausforderung und haben sie von Anfang an gestresst.*

Finn wusste das. Und er war völlig zufrieden damit gewesen, nur drei Kinder zu haben. Daher hatte er, als Arabella ihn gebeten hatte, sich einer Vasektomie zu unterziehen, nicht gezögert, einen Termin zu vereinbaren.

Das verdammte Problem war nur, dass was dazwischengekommen war – irgendeine Krise, um die er sich kümmern musste –, und er den Termin abgesagt hatte. Obwohl er einen neuen vereinbart hatte, waren immer wieder Notfälle aufgetaucht, die das Datum weiter und weiter nach hinten verschoben hatten. Bis schließlich alles so hektisch geworden war, dass er den Eingriff komplett vergessen hatte.

Was dazu geführt hatte, dass seine Gefährtin nun wieder schwanger war.

Aye, er war nicht der erste Mann, der plötzlich mit einer ungeplanten Schwangerschaft konfrontiert wurde. Doch seine Gefährtin war nicht wie alle anderen. Arabella war stark und zugleich verletzlich – etwas, dessen er sich immer bewusst war.

Und in all den Jahren, in denen sie Gefährten waren, hatte sie es nie vermieden, etwas so Wichtiges mit ihm zu besprechen.

Und das beunruhigte ihn.

Wenn das Treffen der Clanführer nicht schon geplant und bestätigt gewesen wäre, als er von Arabellas Schwangerschaft erfuhr, hätte er einen anderen Clan gebeten, diesmal Gastgeber zu sein.

Doch es war zu spät gewesen. Und so musste er sich wieder einmal auf etwas anderes konzentrieren als auf das Wohlbefinden und das Glück seiner Gefährtin.

Was Finn verdammt nochmal hasste.

Bram stieß Finns Bizeps mit dem Finger an, und Finn blinzelte. „Aye?"

Der Anführer von Stonefire runzelte die Stirn. „Hast du überhaupt zugehört?"

Auch wenn es ihn nicht gerade gut dastehen ließ, hatte Finn sich geschworen, den anderen Anführern gegenüber vollkommen ehrlich zu sein. „Nein, tut mir leid. Ich habe über ein paar persönliche Dinge nachgedacht, die ich einfach nicht ausblenden kann."

Während Bram ihn musterte, widerstand Finn dem Impuls, seine gewohnte spöttische Maske aufzusetzen und den anderen Clanführer zu provozieren. Ausnahmsweise hatte er einfach nicht die Energie dafür.

Lorcan aus Northcastle hob die Augenbrauen. „Wenn es mit deiner Familie zu tun hat, Junge, können wir das hier auch später beenden."

Da der Mann aus Northcastle viel älter und ungefähr im Alter seiner Eltern war, wenn sie noch am Leben wären, ließ Finn ihm die Anrede durchgehen.

Doch bevor er antworten konnte, meldete sich Teagan zu Wort. „Ich stimme Lorcan zu. Wir werden alle noch mindestens vier Tage hier in Lochguard sein. Es gibt keinen Grund, alles in ein einziges Treffen zu quetschen. Wir sitzen ohnehin schon seit Stunden hier."

Die anderen murmelten zustimmend. Ob sie nun eine Pause brauchten oder ihm signalisieren wollten, dass es in Ordnung war, sich um persönliche Dinge zu kümmern, wusste Finn nicht.

Doch Rhydian aus Snowridge stand auf und zog damit die Aufmerksamkeit aller auf sich.

„Ich finde, eine Pause ist eine großartige Idee. Delaneys Morgenübelkeit hat in den letzten Tagen wieder eingesetzt, und ich würde gern nach ihr sehen und hören, ob es schlimmer oder besser geworden ist."

Teagan erhob sich als Nächste. „Und ich hätte auch nichts dagegen, ein bisschen Zeit mit meinem Sohn verbringen zu können." Sie warf Finn ein Lächeln zu. „Ich denke, wir verschieben den Rest der Tagesordnung einfach auf morgen, aye?"

Bram drückte Finns Schulter. „Kümmere dich um das Problem, Finn. Jeder hier weiß, wie schwierig es ist, Familie und Clan unter einen Hut zu bringen. Und ich bin sicher, ich spreche auch für die anderen, wenn ich sage, dass niemand von uns zusätzlichen Druck auf deine Familie ausüben möchte."

Alle murmelten zustimmend.

Finn nickte und war fast ein wenig verblüfft über ihr Verständnis. „Dann machen wir morgen ein Arbeitsmittagessen, wieder hier, aye?"

Alle stimmten zu und zerstreuten sich langsam – bis auf Bram. Sobald sie allein waren, fragte der Anführer von Stonefire: „Hat es mit Arabella zu tun? Mir ist aufgefallen, dass sie wieder schwanger ist."

Alle männlichen Drachenwandler konnten riechen, wenn eine Frau das Kind eines Drachenmannes trug. Dennoch, Finn war so sehr mit den Sorgen um seine Gefährtin beschäftigt gewesen, dass er gar nicht daran gedacht hatte, dass die anderen Anführer seine Situation ebenfalls bemerkt haben mussten. Und selbst Teagan würde es schon von ihrem Gefährten Aaron erfahren haben.

Wahrscheinlich wusste inzwischen der ganze verdammte Clan Bescheid. Das bedeutete, dass er lieber bald mit Arabella sprechen musste – bevor jemand ihr gratulieren wollte und sie damit völlig unvorbereitet erwischte.

Es war ein kleines Wunder, dass seine Familie bisher geschwiegen hatte. Wahrscheinlich nur, weil sie Arabella besser kannten als der Rest des Clans, und wussten, wie unsicher sie sich bei dem Gedanken an ein weiteres Kind fühlen würde.

Er musterte den Anführer von Stonefire. Abgesehen von seiner Familie war Bram einer der wenigen, vor denen er sich nicht verstellen musste. Finn fuhr sich durch die Haare und seufzte. „Aye. Es sollten eigentlich keine weiteren Kinder mehr kommen, weißt du? Diesmal ist es meine Schuld, dass sie schwanger ist."

Während er Bram die Situation erklärte, fühlte Finn, wie seine Last ein wenig leichter wurde. Egal wie sehr er den Anführer von Stonefire sonst aufzog und provozierte – Bram war der beste Freund, den ein Mann haben konnte.

Natürlich würde er das niemals laut aussprechen.

Nachdem Finn fertig war, verschränkte Bram die Arme vor der Brust und musterte ihn einen Moment lang. Dann sagte er: „Ich kann verstehen, warum du mit dem Gespräch warten wolltest. Aber sie ist wahrscheinlich genauso nervös wie du. Sprich jetzt mit ihr, Finn. Bis morgen ist ohnehin nichts mehr geplant. Und wenn deine Familie beschäftigt ist, passen Evie und ich auf die Drillinge auf, während ihr beide redet."

Finn hob eine Augenbraue. „Bei sechs Kindern unter deinem Dach wirst du graue Haare bekommen, alter Mann."

Bram schnaubte. „Ein paar habe ich schon bekommen, als Evie unsere Tochter zur Welt gebracht hat. Ein paar mehr machen mich nur würdevoll."

Finn grinste. „Dann nimm die Drillinge doch gleich für eine Woche, dann klappt das bestimmt."

Bram schüttelte den Kopf. „Übertreib es nicht, Finn." Sein Gesicht wurde wieder ernst. „Aber dann ist das abgemacht – bring die Drillinge vorbei und geh mit Ara zu einem dieser hübschen Strände, von denen du immer erzählst. Heute ist es warm genug, dass sie sich nicht den Hintern abfriert."

„Sprich nicht über den Hintern meiner Gefährtin", knurrte Finn.

Bram verdrehte die Augen. „Je früher du mit

deiner Gefährtin sprichst, desto besser. Dein übliches Geplänkel ist mir jedenfalls lieber als deine schlechte Laune."

Sein Drache lachte über die Beschreibung, doch Finn ignorierte ihn. „Aye, schön. Dann los. Ara und ich bringen die Drillinge vorbei, sobald wir können."

Während sie noch ein wenig redeten und gemeinsam in Richtung des Hauptwohnbereichs gingen, freute sich Finn auf den Ausflug mit Arabella – und fürchtete ihn zugleich.

Doch er war kein Feigling, und es war an der Zeit, über die neueste Überraschung zu sprechen, die ihr Leben auf den Kopf stellte. Und mit etwas Glück wäre es für eine lange Zeit die letzte.

Arabella hatte gerade mit Delaney Griffiths über verschiedene Selbstverteidigungstrainingsprogramme gesprochen – die Menschenfrau hatte speziell für Menschen, die bei Drachenwandlern lebten, mehrere entwickelt , als zuerst Rhydian und kurz darauf Finn unerwartet früher als geplant auftauchten.

Nachdem Rhydian seine Gefährtin mitgenommen hatte und Arabella allein mit Finn zurückblieb, fragte sie schließlich: „Was ist denn mit dem Clanführer-Treffen passiert?"

Finn nahm ihre Hand, führte sie zu seinen Lippen und küsste sie. Seine Wärme half ihr, sich ein wenig zu entspannen. Endlich antwortete er: „Wir haben beschlossen, etwas Zeit mit unseren Gefährtinnen zu verbringen und uns morgen wieder zu treffen."

Da sie ihren Gefährten gut genug kannte, spürte Arabella sofort, dass das nur ein Teil der Wahrheit war. „Das passt nicht zu dem Zeitplan, den wir für ihren Besuch erstellt haben."

Er lächelte, zog sie an sich und strich mit den Fingerrücken über ihre Wange. „Nein. Aber manchmal ändern sich Pläne ohne Vorwarnung."

Alarmglocken schrillten in ihrem Kopf. Wollte Finn ihre Schwangerschaft ansprechen? Ausgerechnet jetzt?

Ihr Drache schnaubte. *Ich glaube, es ist Zeit, darüber zu reden.*

Aber die anderen Anführer—

Ihr Tier unterbrach sie. *Werden für einen Nachmittag schon klarkommen. Wenn Finns Drache auch nur halb so ist wie ich, hat er genug von dieser menschlichen Art, damit umzugehen. Sprich einfach mit Finn darüber. Wie er über die Jahre bewiesen hat, liebt er uns, egal was passiert.*

„Ara?" Bei der Stimme ihres Gefährten richtete sie ihre Aufmerksamkeit wieder auf sein Gesicht, und er fuhr fort: „Es wird schon gut gehen, Mädel. Und Bram hat angeboten, dass er und Evie auf die Drillinge aufpassen, damit wir an unseren Lieblingsstrand können."

Sie sah ihn misstrauisch an. „Bram hat freiwillig angeboten, auf sie aufzupassen? Ihm ist schon klar, dass sie im Moment kleine Terroristen sind, oder?"

Finn schnaubte. „Nur für uns. Für alle anderen sind sie kleine Engel, wie du genau weißt."

Sie knurrte. „Die kleinen Verräter!"

Er strich weiterhin über ihre Wange. „Du kannst mich nicht täuschen, Liebes. Du würdest sie vermissen, wenn sie nicht hier wären."

Seufzend lehnte sie sich etwas mehr an Finns großen Körper. „Ich weiß. Nur, wenn ich die Jungen gerade endlich ruhig bekomme, dreht Freya wieder auf. Und umgekehrt. Es ist fast so, als wollten sie mich in den Wahnsinn treiben."

Seine Stimme wurde weicher. „Ich habe dir schon mal gesagt, dass wir uns eine Hilfe für die Drillinge nehmen können. Kaylee MacDonald arbeitet halbtags und passt in Lochguard auf Kinder auf. Ich bin sicher, sie würde ein paar Stunden am Tag kommen, wenn du sie brauchst."

Arabella vertraute der Menschenfrau – Kaylees Schwester war mit Fergus verpaart, Finns Cousin. Doch ihre Hilfe anzunehmen, fühlte sich fast wie das Eingeständnis ihres Versagens an.

Am Anfang war ihr das Muttersein leichtgefallen. Doch mit jedem Tag hatte sie mehr das Gefühl, die Kontrolle über ihre Kinder zu verlieren.

Aber wie sollte sie Finn das begreiflich machen?

Ihr Drache meldete sich. *Das ist* kein *Versagen. Jedes Kind von Finn wäre eine Herausforderung.*

Stimmt. Aber das gilt auch für jedes Kind der MacKenzie-Familie. Und doch scheinen sie nicht dasselbe Problem zu haben.

Aye, aber keiner von ihnen hat gleichzeitig drei Kleinkinder.

Zwei seiner Cousins haben Zwillinge.

Vielleicht. Aber das sind trotzdem nur zwei Kinder – nicht drei auf einmal. Und keiner von ihnen muss sich mit einem Drachen herumschlagen, der schon als Kleinkind wandeln kann. Das würde jeden in die Flucht schlagen.

Soweit man wusste, war Freya die einzige Drachenwandlerin, die sich schon fast seit dem Säuglingsalter verwandeln konnte, ohne wild zu werden. *Vielleicht.*

Arabella musste lächeln, als sie sich vorstellte, wie alle MacKenzie-Kinder gleichzeitig ihre Drachengestalt annahmen, und Finn hob die Augenbrauen. „Ich wollte eigentlich ablehnen“, erklärte sie. „Aber mein Drache hat mich daran erinnert, dass es schließlich *deine* Kinder sind. Da ist es kein Wunder, dass sie kleine Teufel sind.“

„Also nimmst du Hilfe an?“

Als sie die Hoffnung in Finns Augen sah, nickte Arabella. „Ein bisschen. Aber nur probeweise, um zu sehen, wie es funktioniert.“

Allein das auszusprechen und zu wissen, dass Hilfe kommen würde, löste ein wenig die Spannung in ihren Schultern und ihrem Nacken.

Zwei Jahre lang hatte sie versucht, alles allein zu schaffen. Finns Familie hatte natürlich manchmal geholfen, doch Arabella hatte unbedingt beweisen wollen, dass sie die beste Mutter für ihre Drillinge sein konnte.

Fast so, als wollte sie sich selbst beweisen, dass

sie stark war – so stark, wie sie es seit dem Angriff der Drachenjäger nicht gewesen war.

Doch mit einem weiteren Kind unterwegs konnte sie es sich nicht leisten, unvernünftig zu sein. Ja, manchmal fehlte ihr das Selbstvertrauen, und ihre Schüchternheit machte ihr das Leben schwer. Aber dumm war sie ganz sicher nicht.

Finn küsste sie sanft und zog sich ein Stück zurück, um zu flüstern: „Gut. Dann hilf mir jetzt, die Drillinge für ihren Aufenthalt bei Bram vorzubereiten. Ich brauche deine Hilfe, um ihre nervigsten Spielsachen zu finden und alle einzupacken."

Arabella lachte. „Das ist gemein, Finn. Er ist so nett, auf unsere drei aufzupassen, obwohl er selbst drei hat. Wir sollten es ihm nicht noch schwerer machen."

Finn lehnte sich zurück und zwinkerte. „Er kann ihnen die Spielsachen ja wegnehmen, wenn sie ihn stören. Aber du weißt genau, dass er dasselbe mit mir machen würde, wenn ich auf seine Kinder aufpassen würde."

Sie verdrehte halbherzig die Augen. „Na gut, ich helfe dir beim Packen. Aber vergiss nicht – Rache ist süß."

„Das werde ich im Hinterkopf behalten." Er nahm ihre Hand und zog sie sanft mit sich. „Komm. Ich möchte so viel Zeit wie möglich allein mit meiner hübschen Gefährtin am Strand verbringen."

Bei dem heißen Blick in seinen Augen wurde sie rot.

Kurz darauf vergaß sie jedoch die heißen Blicke und half Finn, Declan, Grayson und Freya fertig zu machen und bei Bram und Evie abzugeben.

Und ehe sie sich versah, flogen sie bereits in ihrer Drachengestalt zu ihrem Lieblingsstrand. Trotz der felsigen Küsten Schottlands gab es einige wunderschöne Strände mit hellem, weichem Sand – perfekt, um die Sonne zu genießen.

Ihr Drache meldete sich erneut. *Ich will auch die Sonne genießen. Aber ich werde nicht einschlafen, bevor du mit Finn gesprochen hast.*

Arabella seufzte innerlich. *Gut. Ich werde es tun. Gib mir nur kurz Gelegenheit, mir zu überlegen, wie ich das Thema anspreche.*

Sei direkt. Das funktioniert bei unserem Gefährten am besten.

Das stimmte zwar, doch abgesehen von ihren eigenen Zweifeln wusste Arabella auch, dass Finn sich wegen ihrer Schwangerschaft schuldig fühlen würde.

Dennoch konnte sie es nicht länger aufschieben. Arabella war nicht mehr die Frau, die sich vor der Welt versteckte. Und es war Zeit, sich wieder daran zu erinnern.

Kapitel Neun

Sobald Finn und Arabella wieder ihre menschliche Gestalt angenommen und die Kleidung angezogen hatten, die sie mitgebracht hatten – so sehr Finn den nackten Körper seiner Gefährtin auch liebte, Sand gelangte wirklich *überallhin* –, nahm er ihre Hand und führte sie zu einigen Felsen oberhalb der Brandung. Da die Sonne schien, waren sie angenehm warm.

Trotzdem konnte er nicht widerstehen, Arabella an seine Seite zu ziehen und die Arme um sie zu legen. Nachdem er seine Wange auf ihren Kopf gelegt hatte, sahen sie eine Weile schweigend zu, wie die Wellen ans Ufer rollten, bevor Arabella seufzte und zuerst sprach. „Du weißt es, oder?"

Er drückte sie sanft und antwortete: „Natürlich, Mädel. Schon seit Wochen."

Da er sie nicht unter Druck setzen wollte, begnügte er sich damit, seine Gefährtin einfach im Arm zu halten und auf das Meer zu schauen. Nach etwa einer halben Minute sprach sie wieder. „Am Anfang bin ich in Panik geraten. Damit hatte ich nicht gerechnet, auch wenn ich im Hinterkopf wusste, dass es möglich war.“

„Weil ich mein Versprechen nicht gehalten habe.“

„Du hast es nicht absichtlich getan, Finn.“

Mit einem Seufzen zog er sich ein wenig zurück und drehte den Kopf, um ihr in die braunen Augen sehen zu können. „Ich hätte trotzdem vorsichtiger sein müssen.“

„Du hast Kondome benutzt. Ich glaube, es war meine Überraschungsverführung an dem Tag im und am See.“

Sie deutete auf ihren Bauch, und Finn musste sich beherrschen, nicht sofort seine Hand darauf zu legen. „Ich hätte ihn trotzdem rausziehen können, um das Risiko zu verringern.“ Er hielt kurz inne und fügte dann hinzu: „Was bin ich für ein Clanführer, wenn ich nicht einmal auf meine Gefährtin aufpassen kann!“

Ein Funke Zorn blitzte in Arabellas Augen auf. „Wenn ich mich richtig erinnere – und das tue ich übrigens –, hatte ich meine Beine um deine Hüften geschlungen. Da war ein Rausziehen keine Option, außer du hättest mir die Beine brechen wollen.“

Sein Temperament flammte kurz auf.

„Hör auf, mich aus der Verantwortung zu nehmen, Arabella. Es ist meine Schuld, dass ich dich wieder durch diese Hölle schicke.“

Sie presste ihre Lippen aufeinander – ein

Zeichen, dass sie nicht einfach lächeln und ihm zustimmen würde.

„Die Schwangerschaft und die Entbindung selbst sind nicht das Problem, Finlay. Es ist das, was danach kommt, worüber ich mir Sorgen mache."

Er runzelte die Stirn.

„Wovon sprichst du? Meine Familie – und deine ebenfalls, nachdem es deinem Dad inzwischen viel besser geht – sind alle da, um dir zu helfen, wenn du sie brauchst. Und diesmal werde ich darauf bestehen, dass du ihre Hilfe annimmst."

„Und das, genau das ist das verdammte Problem", presste sie hervor.

Er sah ihr in die Augen. „Wovon zum Teufel redest du?"

„Ganz abgesehen von der Energie und der Willenskraft, die nötig sind, um mit *deinem* Nachwuchs fertigzuwerden – ich schaffe es jetzt schon kaum. Wenn ein weiteres Kind dazukommt und ich auch noch deine Familie um Hilfe bitten muss, werde ich schwach wirken und wie eine schlechte Mutter."

Finn blinzelte und versuchte, ihre Worte zu verarbeiten.

Doch bevor er etwas sagen konnte, sprach Arabella weiter. „Die Leute fassen mich immer noch mit Samthandschuhen an, selbst nach all den Jahren seit dem Angriff der Drachenjäger. Und wenn sich jetzt alle sofort um mich scharen, sobald ich Hilfe brauche, um sich um mein neues Kind zu kümmern – weißt du, was dann wahrscheinlich passieren wird? Dann werden sie die Samthandschuhe gar nicht mehr ablegen. Und *das* wäre das Schlimmste überhaupt."

Aye, Arabella hasste Mitleid mehr als alles andere.

Deshalb war sie überhaupt nach Lochguard gekommen – um neu anzufangen, an einem Ort, an dem man sie nicht wie ein zerbrechliches Porzellanpüppchen behandelte.

Aye, einige Clanmitglieder sahen sie noch immer so an, sobald sie ihre Geschichte erfuhren. Doch die Mehrheit tat es nicht.

Vielleicht, wenn er sich nicht ohnehin schon hätte bemühen müssen, sein Temperament im Zaum zu halten, hätte Finn eine vernünftige Antwort gefunden. Stattdessen packte er Arabella bei den Schultern, beugte sich vor und sagte: „Niemand in Lochguard hält dich für schwach oder für eine schlechte Mutter. Zumindest nicht, soweit ich weiß. Und wenn irgendjemand was gesagt hat, solltest du es mir besser erzählen, Ara. Keine verdammten Geheimnisse mehr!"

Ihre Stimme hob sich um eine Oktave. „Ich hätte keine Geheimnisse, wenn du nicht immer so überreagieren würdest. Du kannst nicht einfach finster schauen und alles ist perfekt."

„Natürlich kann ich das."

Sie verdrehte die Augen.

„Nein, kannst du nicht. Ich weiß ja, dass du es gut meinst, aber in den letzten Jahren habe ich mich wirklich gut entwickelt, und du musstest immer weniger eingreifen. Aber mit diesem Baby wirst du wieder genauso überfürsorglich werden wie am Anfang."

Er runzelte die Stirn. „Alle Drachenmänner passen auf ihre Gefährtinnen auf – erst recht, wenn sie schwanger sind."

„Das verstehe ich ja auch. Aber begreifst du es denn nicht? Wenn du wieder so überfürsorglich wirst wie am Anfang unserer Gefährtenschaft, dann fühle ich mich wie eine Versagerin, Finn. Mehr als durch das, was alle anderen denken. Und ich will keine Versagerin sein."

Ihre Stimme brach bei den letzten Worten, und das ließ Finns Zorn verpuffen. Er legte eine Hand an ihre Wange und sagte mit sanfterer Stimme: „Du bist keine Versagerin, Liebes. Du bist eine der stärksten Personen, die ich kenne."

Eine Träne rollte über ihre Wange, und es fühlte sich für Finn an, als würde jemand sein Herz mit Krallen zusammendrücken. „Nicht im Vergleich zu den Gefährtinnen aller anderen Clanführer", flüsterte sie.

Finn hoffte inständig, dass Arabellas Gefühle durch die Schwangerschaft verstärkt waren. Doch er wollte keine Vermutungen anstellen.

Er nahm ihr Gesicht in beide Hände und wartete, bis sie ihm wieder in die Augen sah. „Warum sagst du sowas?"

Sie biss sich kurz auf die Lippe, bevor sie antwortete: „Fast alle von ihnen haben Kinder und finden trotzdem Wege, ihrem Clan oder der ganzen

Drachenart zu helfen. Ich habe kaum genug Zeit für meine Kinder, geschweige denn für irgendwas anderes."

„Was für ein Unsinn!" Sie kniff die Augen zusammen, doch Finn fuhr fort. „Wie oft haben wir deine Hackerfähigkeiten gebraucht, um dem einen oder anderen Clan zu helfen?"

„Nicht oft."

„Nein, nur dann, wenn wir sie dringend gebraucht haben, um Leben zu retten."

„Das ist nicht dasselbe, Finn. Nicht wie bei Delaney mit ihren Trainingsprogrammen oder Evie mit ihrer Arbeit für das MDA. Ganz zu schweigen von Aaron und Caitlin, die beide für ihre Gefährten daran arbeiten, stärkere Bündnisse zwischen Großbritannien und Irland zu schaffen."

Finn beugte sich ein wenig zu ihr vor, entschlossen, ihr begreiflich zu machen, was er sah. „Ohne dich wären Lochguard und Stonefire heute nicht so enge Verbündete."

„Das stimmt nicht –"

Er schüttelte den Kopf.

„Doch, das stimmt." Mit den Daumen strich er über ihre Wangen. „Du bist einfach erstaunlich, Arabella MacLeod. Nicht nur, weil ich dich irgendwie davon überzeugt habe, meine Gefährtin werden und den Wahnsinn meiner Familie ertragen zu wollen. Du bist klug. Und zäh. Und bemerkst oft Dinge, die ich übersehe. Mir ist egal, was andere Clanführer mit ihren Gefährtinnen machen – ich wäre nicht der Clanführer, der ich bin, wenn es dich nicht gäbe. Lochguard ist so stark, wie es das heute ist, weil du zugestimmt hast, mehr zu sein als nur meine Gefährtin. Du bist meine Partnerin in allem. Und wenn du das verdammt nochmal nicht siehst, dann werde ich dich so lange belehren, bis du es tust, Arabella MacLeod."

Nach ein paar Sekunden – in denen sein Herz hämmerte und sein Magen sich verkrampfte – lächelte sie schließlich. „Ist ‚belehren' ein anderes Wort dafür, mich anzuschreien? Denn darauf würde ich gern verzichten. Deine Stimme wird immer schrill, wenn du das tust."

Er grunzte. „Das denkst du dir aus."

„Das ist die Wahrheit, ich schwöre es. Ich glaube, sogar Hunde würden anfangen zu bellen, wenn sie sie hörten."

Er kämpfte gegen ein Lächeln – und verlor. Wenn Arabella ihn aufziehen konnte, musste er auf dem richtigen Weg sein. „Das müssen wir irgendwann mal testen, Mädel." Dann wurde er wieder ernst. „Aber ich hoffe, ich habe dich davon überzeugt, wie wichtig du für mich und den Clan bist – und dass du alles andere als eine Versagerin bist. Wenn nicht, könnte ich zu drastischen Maßnahmen greifen."

Sie hob eine dunkle Augenbraue. „Wie zum Beispiel?"

„Dich ins Meer werfen, damit du ein bisschen wach wirst."

„Das Wasser ist eiskalt, und das kann nicht gut für unser Baby sein."

Er seufzte übertrieben. „Dann muss ich wohl einen anderen Weg finden, deine Brustwarzen hart und bereit für meinen Mund zu machen."

Sie versetzte ihm einen Schlag gegen die Schulter. „Über Brustwarzen kannst du später noch reden."

Er schnurrte leise. „Ich würde gern mehr tun, als nur darüber zu reden."

„Hör auf damit, Finn."

Er zwinkerte, nickte dann aber. „Aye, ich werde mich benehmen. Aber ich warte immer noch auf deine Antwort – dazu, wie wichtig du bist, Mädel, und dass du das verstehst."

Sie sah ihm wieder in die Augen. Ihre Pupillen blitzten mehrmals auf, bevor sie antwortete. „Ich werde es nicht sofort abstreiten." Er wollte gerade etwas erwidern, um sie zu überzeugen, doch sie fuhr fort: „Aber im Moment musst du mir versprechen, dass du mit mir über sämtliche Entscheidungen redest, die unsere Kinder betreffen, über zusätzliche Hilfe und die Bitte darum. Du hast gesagt, dass wir ein Team für den Clan sind – ich glaube, wir müssen auch für unsere kleine Familie noch daran arbeiten. Ich werde versuchen, mehr Hilfe anzunehmen, und du arbeitest daran, weniger überfürsorglich zu sein. Außerdem solltest du aufhören, die Kinder so sehr zu verwöhnen, damit ich nicht immer die Böse bin. Einverstanden?"

Aus irgendeinem Grund hatte Finn nie wirklich darüber nachgedacht, dass Arabella meistens diejenige war, die die Kinder tadelte oder zurechtwies. Doch wenn er ehrlich darüber nachdachte, stimmte es.

Sein armes Mädel! Kein Wunder, dass sie sich wegen eines vierten Kindes Sorgen machte.

Sein Drache grunzte. *Ich denke, du musst mehr Aufgaben delegieren, damit du unserer Gefährtin helfen kannst.*

Vielleicht ist es Zeit dafür, Drache. Vielleicht ist es Zeit.

Finn antwortete seiner Gefährtin: „Ich werde mein Bestes tun. Aber es ist schwer, unsere Drillinge nicht zu verwöhnen."

„Weil sie immer gut über ihren Dad denken sollen, richtig?"

Er seufzte. Seine Gefährtin verstand ihn wirklich besser als jeder andere. „Ich habe nicht vor, sie zu verlassen oder mich töten zu lassen wie meine Eltern. Trotzdem sollen sie immer schöne Erinnerungen an mich haben. So werden sie mich nie vergessen."

„Ich weiß. Aber sie ständig zu verwöhnen, wird ihnen später nicht helfen, Finn. Und mir gefällt es auch nicht, immer die verdammte Böse zu sein." Sie legte ihre Hand auf seine. „Ich brauche deine Hilfe, besonders bei unserer Tochter. Auf dich hört sie am meisten."

Sein Drache meldete sich wieder. *Sie hat recht. Selbst ich sehe das – und Drachen achten normalerweise nicht auf solche Dinge.*

Arabella drückte seinen Bizeps. „Stimmt dein Drache mir zu?"

„Aye, das tut er, Liebes. Und ich schätze, ich

könnte mir mehr Mühe geben. Die Jungen zerstören inzwischen ziemlich viel mit diesen Holzstöcken."

Sie schnaubte. „Sag lieber alles, was auf Hüfthöhe oder darunter ist. Aber immerhin gibst du es jetzt zu." Sie legte eine Hand an seine Wange. „Ich glaube wirklich, dass Konsequenz helfen wird, einen Teil des schlimmsten Chaos zu reduzieren."

„Und dann wird es mit dem neuen Baby weniger stressig sein." Sie nickte, und er küsste sie kurz. „Dann machen wir gemeinsam einen Plan."

Sie lächelte ihn an, und ein Großteil seiner Sorgen löste sich in Luft auf. Seine Gefährtin war nie so schön, wie wenn sie lächelte.

Nun ja – fast nie. Am liebsten mochte er es, wenn sie nach einem Orgasmus gerötet und erschöpft dalag.

Sein Drache knurrte. *Dann beeil dich mit dem Reden, damit wir sie beanspruchen können.*

Er versuchte, nicht an die Decke zu denken, die er mitgebracht hatte – nur für den Fall, dass er Arabella im Sand nehmen konnte –, und konzentrierte sich wieder auf das Gespräch. „Gut, die Situation mit unseren jetzigen Kindern ist also geklärt. Aber stell dich darauf ein, Mädel, dass ich ständig mit dir über unser viertes – und letztes – Kind sprechen werde, damit du auch wirklich die Hilfe bekommst, die du brauchst."

„Hoffen wir, dass es wirklich nur noch eines ist", sagte sie.

„Das hoffe ich auch. Und ich werde mit Layla

und Alex sprechen, ob einer von ihnen am Tag nach der Abreise der Clanführer eine Vasektomie machen kann. Wehe dem Bastard, der diesmal versucht, das zu vereiteln.“

„Beschrei es nicht, Finn!“

Er beugte sich näher zum Gesicht seiner Gefährtin und rieb seine Nase an ihrer Wange. „Selbst wenn Bram länger bleiben und einen Tag lang den Clan übernehmen muss – diesmal wird es keine Verzögerung geben. Das schwöre ich dir, Ara.“

Sie nickte, und er küsste sie unterm Ohr. „Und wir können so lange warten, wie du möchtest, bevor wir offiziell verkünden, dass du schwanger bist – auch wenn der ganze Clan es wahrscheinlich längst weiß.“

„Es ist äußerst unpraktisch, dass jeder Drachenmann es riechen kann.“

Er schnaubte. „Das stellt nur sicher, dass wir unsere Gefährtinnen beschützen können.“

„Du meinst überbeschützen.“

Finn lehnte sich zurück. „Ich habe doch schon gesagt, dass ich mich bemühen werde. Was kann ich sonst noch tun, um dir das zu beweisen?“

Sie ließ ihre Hand über seine Brust hinabgleiten und wieder nach oben, bis sie seinen Kiefer entlangstrich. „Nun, wenn du mich hier am Strand so richtig hart nimmst, würde mir das vielleicht zeigen, dass du mich nicht für zerbrechlich hältst.“

„Da ist ja meine kleine Verführerin! Ich muss zugeben, ich mag sie.“

Ihre Hand glitt weiter über seine Brust nach unten, bis sie seinen Schwanz und seine Eier ergreifen konnte. Selbst durch den Stoff seiner Hose wurde er sofort hart.

Sie sagte: „Bei den Drillingen war mir ständig übel, aber diesmal bin ich ziemlich scharf.“ Sie sah ihn schelmisch an. „Meinst du, du kannst mir dabei helfen?“

Mit einem Knurren eroberte er ihren Mund. Seine Zunge liebkoste, erkundete und verschlang die seidige Wärme ihres Mundes – und ließ sie spüren, wie sehr er sie noch immer begehrte.

Und es dauerte nicht lange, bis er sich und sie ausgezogen, hastig die Decke ausgebreitet hatte und Arabella von hinten nahm.

Danach nahm er sie im Liegen – und schließlich auch, während sie rittlings auf seinem Schoß saß.

Aye, als die Sonne langsam über dem Meer unterzugehen begann, sagte seine Gefährtin schließlich, er habe sie davon überzeugt, dass er sie nicht für zerbrechlich hielt. Jetzt musste er nur noch dafür sorgen, dass sie sich während der gesamten Schwangerschaft – und auch danach – jeden einzelnen Tag so fühlte.

Kapitel Zehn

Am Tag vor der großen Abschlussfeier des einwöchigen Treffens schaffte Evie Marshall es schließlich, alle Gefährtinnen der Clanführer und Aaron in einem der Besprechungsräume abseits des Palas von Lochguard zusammenzubringen.

Nun ja, fast alle. Sie hatte überlegt, auch Honoria und Asher einzubeziehen, doch da dieses Treffen zur gleichen Zeit stattfand wie das der Clanführer, hatte Evie beschlossen, sie diesmal außen vor zu lassen. Schließlich war ihre Situation was anders.

Und wenn heute alles gut lief, würde Evie sowas künftig regelmäßig bei den halbjährlichen Clanversammlungen organisieren. Das Paar aus Skyhunter konnte sie dann immer noch dazu holen.

Als sie beobachtete, wie die letzte Person – Aaron – den Raum betrat und sich setzte, mit einem misstrauischen Blick im Gesicht, musste sie sich ein Lachen verkneifen.

Schließlich war er der einzige Mann im Raum. Aber wenn er schon so lange Teagans Gefährte war, musste er an solche für Drachenwandler nicht alltägliche Rollenumkehrungen gewöhnt sein.

Evie schloss die Tür ab, ging wieder nach vorn und klatschte in die Hände, um das Treffen zu beginnen. „Gut, es scheint, als wären wir jetzt vollzählig. Danke, dass ihr da seid! Ich war mir nicht sicher, ob wir das überhaupt hinbekommen, da es nicht auf dem offiziellen Plan stand."

Arabella hob die Augenbrauen. „Du hättest mich bitten können, es einzubauen, Evie."

Evie zuckte mit den Schultern. „Um ehrlich zu sein, hatte ich so etwas bis vor ein paar Tagen gar nicht geplant. Aber im Laufe dieser Woche – durch Gespräche und Beobachtungen – ist mir ein Muster aufgefallen. Eins, an dem wir arbeiten müssen."

Aaron räusperte sich. „Und welches wäre das?"

Evie war nie jemand gewesen, der lange um den heißen Brei herumredete. „Unsere Gefährten arbeiten alle viel zu viel."

Sie bemerkte, dass Delaney sich als Erste im Raum umsah. Evie spürte, dass Delaney, als jüngste Gefährtin eines Clanführers – und außerdem der einzige andere Mensch im Raum abgesehen von ihr – noch ein wenig unsicher war.

Doch sie verdrängte diese Unsicherheit offenbar und sagte: „Aye, das stimmt, das tun sie. Aber ich weiß nicht, was wir dagegen unternehmen können. Ich nerve Rhydian ständig damit, dass ich ihm helfen könnte, aber er sagt immer, er schaffe das schon, und ich solle mir keine Sorgen machen. Ich bin mir sicher, dass er nicht der einzige sture Esel unter ihnen ist."

Aaron seufzte. „Nein, ist er nicht. Teagan ist genauso. Und bei ihr ist es sogar noch schlimmer, weil sie sich doppelt so sehr beweisen muss wie ein männlicher Clanführer."

Evie verstand Teagans Situation gut – diesen Druck, unmöglichen Erwartungen gerecht werden zu müssen. Trotzdem war sie überzeugt, dass die Drachenfrau etwas mehr Unterstützung gebrauchen konnte. Das aber ohne den Respekt ihres Clans zu verlieren. „Jedenfalls glauben unsere Gefährten *alle*, sie müssten alles selbst erledigen. Es hat Jahre gedauert, bis ich Bram dazu gebracht habe, auch nur ein wenig zu delegieren, und selbst das reicht noch nicht. Aber …"

Caitlin fragte: „Aber was?"

Evie schmunzelte. „Wenn wir unsere Kräfte bündeln, stehen unsere Chancen deutlich besser."

Arabella runzelte die Stirn. „Und können wir das, und wird es funktionieren?" Sie deutete auf die anderen im Raum. „Jeder von uns ist in einer anderen Situation. Eine Pauschallösung wird nicht für alle passen."

Evie richtete sich auf und erwiderte: „Vielleicht nicht, aber ein gemeinsamer Plan schon." Die anderen vier im Raum sahen sich kurz an, doch Evie sprach weiter. „Wir wissen alle, wie ernst Drachenwandler ihre Versprechen nehmen. Sie würden eher sterben, als sie zu brechen. Genau das werden wir zu unserem Vorteil nutzen. Mein Vorschlag: Wir verbarrikadieren uns hier, schließen die Tür ab und lassen sie erst herein, wenn sie versprechen, einen Teil ihrer Aufgaben zu delegieren. Damit sie wenigstens einen Abend pro Woche vollständig mit ihren Familien verbringen können – ohne Unterbrechungen, außer im Katastrophenfall."

Aaron schnaubte. „Bist du sicher, dass das funktioniert?"

Evie hob eine Augenbraue. „Hat Teagan jemals eines ihrer Versprechen gebrochen?"

Der Drachenmann überlegte kurz und schüttelte dann den Kopf. „Nicht, seit ich sie kenne."

Evie nickte. „Eben. Sicherlich gibt es weniger ehrbare Drachenwandler, die ihre Versprechen leichtfertig brechen. Aber keiner unserer Gefährten ist so. Männer und Frauen, die bereit sind, ihr Leben für ihren Clan zu geben – komme, was wolle –, haben in der Regel ein sehr starkes Ehrgefühl."

Delaney fragte: „Aber selbst, wenn sie zustimmen – was ist mit meinen Söhnen? Ich kann sie nicht einfach allein lassen, während wir wer weiß wie lange hier sitzen, bis sie nachgeben. Ich kenne eure Gefährten nicht so gut, aber meiner ist ziemlich stur."

Alle im Raum lachten, doch Evie erklärte der neuesten Clanführergefährtin: „Delaney, sie sind alle sture Esel. Aber ich glaube, wir sind das auch. Meistens braucht man genau das, um einen Clanführer zu bändigen."

Die Menschenfrau sah sich erneut im Raum um. „Heißt das nicht, dass wir hier ewig in einer Pattsituation festsitzen werden? Wär' ich allein, wäre mir das egal. Aber mein ältester Sohn wird sich Sorgen machen und vermutlich eine Rettungsaktion planen."

Evie musste bei dem Gedanken lächeln, wie der Junge versuchte, alle Drachenclanführer auszutricksen, um sie aus dem Raum zu bekommen. „Mach dir keine Sorgen um die Kinder. Ich habe bereits mit denjenigen gesprochen, die gerade auf sie aufpassen, für den Fall, dass das hier länger dauert. Betrachte es einfach als eine große Übernachtungsparty, bei der alle Kinder miteinander spielen können. Die meisten sind noch klein, aber es schadet nie, früh Freundschaften zu knüpfen, richtig?"

Delaney wirkte noch nicht ganz überzeugt. Doch bevor sie den Mund aufmachen konnte, legte Arabella eine Hand auf ihre. „Ich glaube, die meisten unserer Gefährten wissen bereits, dass sie zu viel arbeiten. Das ist vielleicht nur der kleine Schubs, den sie brauchen, um es endlich zuzugeben. Meiner Meinung nach wird es nicht lange dauern. Mein Gefährte wird das hier jedenfalls nicht ewig hinauszögern, glaub mir."

Caitlin meldete sich zu Wort, bevor jemand anderes etwas sagen konnte. „Ich sollte wohl gleich was über Lorcan erwähnen, denn dein kleiner Plan wird ihn eigentlich gar nicht betreffen." Evie runzelte die Stirn, doch Caitlin sprach weiter, bevor sie nachfragen konnte. „Lorcan wird heute beim Clanführertreffen bekannt geben, dass er Ende des Monats zurücktritt. Er wird also nicht mehr lange Clanführer sein.“

Einen Augenblick lang war Evie überrascht, doch sie schluckte ihre Neugier herunter. Sie würde später, wenn sie hier fertig waren, von Bram erfahren, wer der neue Clanführer von Northcastle werden würde. „Trotzdem könnte deine Anwesenheit Aaron dabei helfen, deine Tochter zu einer Zustimmung zu bewegen. Nach dem, was ich gehört habe, wird sie wahrscheinlich am längsten aushalten.“

Aaron und Caitlin wechselten einen Blick, doch Caitlin antwortete. „Ich kann es versuchen. Aber du hast recht – wenn Teagan nicht aufpasst, schuftet sie sich irgendwann noch zu Tode, nur um die Meinung der alten Sturköpfe zu ändern, die glauben, eine Frau dürfe niemals Clanführer sein.“

Aaron murmelte etwas Unverständliches, nickte aber.

Zwei also erledigt, zwei noch übrig.

Evie wandte sich an Arabella. „Bist du dabei?“

Arabella zuckte mit den Schultern. „Da hinter dieser Tür eine Toilette ist, habe ich kein Problem damit. Selbst jetzt, so früh in der Schwangerschaft, muss ich ständig aufs Klo.“

Evie hatte sich schon gefragt, wann Arabella es ansprechen würde. Alle im Raum wussten längst, dass sie wieder schwanger war. Aber glücklicherweise behandelten sie es als ganz normale Sache, sodass das Treffen nicht entgleiste. Sie konnten später immer noch Finn und Arabella feiern – genauso wie Lorcans Rücktritt.

Evie nickte. „Gut. Dann fehlt nur noch eine Person." Sie sah zu Delaney und hoffte, dass ihre Argumente ausgereicht hatten. Evie kannte die andere menschliche Gefährtin von allen am wenigsten. Und nachdem Delaney mehr als ein Jahr fast ausschließlich von Clan Snowridge umgeben gewesen war, fühlte sie sich vielleicht nicht wohl dabei, sich gegen ihren Gefährten zu stellen. „Delaney, was ist mit dir?"

Die Menschenfrau setzte sich aufrechter hin und warf ihr langes dunkles Haar über die Schulter. „Du hast mich überzeugt. Also bin ich dabei. Ich hatte gehofft, diese Reise würde Rhydian zeigen, dass Carys und Wren mehr als bereit sind, ihm öfter zu helfen. Vielleicht braucht er einfach diesen letzten kleinen Schubs, um es endlich zu wagen, aye?"

Evie schmunzelte und sah nacheinander alle im Raum an. „Perfekt. Dann müssen wir jetzt nur noch Nachrichten an unsere Gefährten schicken und ihnen mitteilen, dass wir uns hier verbarrikadiert haben – und warum. Danach warten wir darauf, dass sie knurrend und schimpfend vor der Tür auftauchen und glauben, sie könnten uns so zum Öffnen bringen."

Als alle lachten – ein deutliches Zeichen dafür, dass sie ihre Drachenclanführer sehr gut kannten, machten sie sich daran, ihre Nachrichten zu schreiben und ihre Forderung zu formulieren.

Evie fühlte sich zwar ein kleines bisschen schuldig, denn Bram hatte in letzter Zeit tatsächlich versucht, mehr Aufgaben zu delegieren. Doch mit den drei Kindern und den wieder aktiver werdenden Drachenjägern wollte sie auf Nummer sicher gehen.

Also schrieb sie ihre Nachricht.

Wenn das hier funktionierte, würde sie die Gefährtinnen der Clanführer definitiv wieder zusammenbringen, um noch mehr zu bewirken. Vielleicht für ein gemeinsames Projekt. Oder irgendeine Kampagne.

Aber zuallererst mussten sie ihre Gefährten dazu bringen, eine bessere Work-Life-Balance zu finden.

Bei all den guten Erfahrungen, die Rhydian während seines Aufenthalts in Lochguard gemacht hatte, brachte Delaneys jüngste Nachricht ihn beinahe dazu, es zu bereuen, seine Gefährtin überhaupt nach Schottland mitgenommen zu haben.

Während er Finn und den anderen Clanführern durch einen Gang des Palas folgte, meldete sich sein Drache. *So schlimm ist es nicht. Sie verlangt nur das, worum sie dich schon seit Monaten bittet – dich mehr auf die Leute zu verlassen, denen du in Snowridge vertraust.*

Es geht um mehr als das, Drache, und das weißt du. Ich habe den Clan gerade erst dazu gebracht, Delaney zu akzeptieren – und die Idee, mehr Menschen aufzunehmen.

Und nun soll ich Aufgaben abgeben und dem Clan gegenüber praktisch eingestehen, dass ich nicht alles allein bewältigen kann!

Bevor sein Tier antworten konnte, blieb Finn vor einer Tür stehen und hämmerte dagegen. „Lass mich rein, Ara!“

Die Frau antwortete nur: „Erst, wenn du meiner Forderung zustimmst“, bevor Rhydian sich nach vorn drängte. Er wusste, dass seine Gefährtin nicht die einzige Schwangere in diesem Raum war. Aber Delaney war ein Mensch. Und wenn sie in ein paar Stunden ihre geplante Drachenblut-Injektion ausließ, wollte er gar nicht darüber nachdenken, wie sehr sich ihr Risiko zu sterben erhöhen würde.

Er drückte die Türklinke herunter. Abgeschlossen – natürlich. Ohne sich darum zu kümmern, dass alle Clanführer ihn beobachteten, trat er mit voller Wucht gegen die Tür, ließ sie auffliegen und marschierte in den Raum. Er fand Delaneys Blick und fragte: „Was hast du dir dabei gedacht?“

Seine Gefährtin hob das Kinn, und Rhydian ignorierte das Stöhnen seines Drachen bei dem, was jetzt kommen würde. Vor allem, als Delaney die Arme vor der Brust verschränkte – ein sicherer Hinweis, dass sie alles andere als zufrieden war. „Ich versuche nur, dir zu helfen, du Bastard. Und was machst du mit meiner Hilfe? Du trittst wie ein Idiot die verdammte Tür ein!“

Rhydian war es egal, dass sich die Zuschauermenge nun verdoppelt hatte, da schließlich die Gefährtinnen der Anführer in diesem Raum waren, trat einen Schritt näher zu Delaney und grunzte. „Ich würde es eine Million Mal wieder tun, wenn es bedeutete, dich hier raus und zum Arzt zu bringen, wo du hinsolltest."

Delaney verdrehte die Augen. „Meine letzte Spritze war vor ein paar Wochen. Ich bin nicht einmal zu spät für den Termin. Und selbst wenn – ein paar Stunden bringen mich schon nicht um."

Nachdem er sich mit Delaney gepaart hatte, hatte Rhydian alles recherchiert, was er über Beziehungen zwischen Menschenfrauen und Drachenmännern finden konnte. Und einige Horrorgeschichten über Todesfälle während der Schwangerschaft und der Entbindung hatten seinen Entschluss gefestigt, Delaney so gut wie möglich zu beschützen.

Seine erste Lösung war gewesen, nach Damien keine weiteren Kinder mehr zu bekommen.

Doch Delaney hatte davon nichts wissen wollen.

Sie wollte eine große Familie – und sehr zu seinem Leidwesen hatte die verschlagene Frau ihn mit Leichtigkeit dazu verführt, ihr so viele zu versprechen, wie sie wollte.

Doch wenn sie weitere Kinder bekämen, das hatte er geschworen, würde er dafür sorgen, dass sie so viel Drachenblut wie nötig bekam, um zu überleben.

Und sie hatte ihm versprochen, keinen Termin zu versäumen. Außer im Katastrophenfall.

Und das hier war definitiv keiner.

Rhydian versuchte, um den Tisch herum zu ihr zu kommen, doch die anderen Gefährtinnen stellten sich vor Delaney, der Drachenmann Aaron ganz vorn.

Während er noch überlegte, wie er Delaney aus dem Raum bringen konnte, ohne jemanden von denen, die ihr halfen, töten zu müssen, legte Bram ihm eine Hand auf die Schulter. „Ich verstehe deine Angst, Rhydian“, sagte der Clanführer von Stonefire ruhig. „Meine Gefährtin ist auch ein Mensch. Ich habe das alles selbst durchgemacht. Aber sie hat recht – ein paar Stunden oder sogar ein Tag wird ihrer Behandlung nicht schaden und ihre Überlebenschancen nicht mindern.“

Ein Teil von ihm wusste das. Doch er hatte einmal den Fehler gemacht, nicht für die erste Menschenfrau zu kämpfen, die er geliebt hatte – lange bevor er Delaney kennengelernt hatte. Und er hatte sich geschworen, nie wieder so feige zu sein.

Ohne den Blick von seiner Gefährtin abzuwenden, sagte er: „In ihrer Nachricht stand, sie würde so lange wie nötig hierbleiben. Und dieses Risiko gehe ich nicht ein. Ich werde nicht ihr Leben aufs Spiel stellen.“

Delaneys Blick wurde weicher. „Das wirst du auch nicht. Aber verstehst du nicht? So wie du dich jetzt fühlst, so fühle ich mich ständig. Nein, du kannst nicht an einer Schwangerschaft oder der Entbindung sterben. Aber du kannst dich zu Tode arbeiten.“ Sie trat näher, schob sich an den anderen vorbei, bis sie eine Hand an seine Wange legen konnte – die mit den Narben – und streichelte seine Haut. „Wir wollen nur sicherstellen, dass ihr auch ein bisschen Ruhe genießt. Weniger Stress habt. Und uns noch viele Jahrzehnte auf die Nerven geht."

Bevor er antworten konnte, trat Aaron neben Teagan und sagte: „Und bei dir ist es doppelt so schlimm, Liebes. Du kannst schwanger werden *und* hast gleichzeitig die Last eines Clanführers. Wenn du so weitermachst, fürchte ich, dass Kelly und ich dich viel zu früh verlieren werden."

Delaney streichelte weiterhin Rhydians Wange und räusperte sich, um seine Aufmerksamkeit zu bekommen. Sie sagte: „Du musst zugeben, es war schön, diese Woche Zeit mit mir und den Jungs verbringen zu können, Rhydian. Stell dir vor, wir könnten das öfter tun."

Sein Drache meldete sich zu Wort. *Die schwere Aufgabe, die größten Gegner im Clan zu entlarven, haben wir erledigt. Carys und Wren mehr Verantwortung zu geben würde nicht schaden.*

Jetzt arbeitet ihr also beide gegen mich?

Wenn es zu deinem Besten ist, ja.

Auch als alle Gefährtinnen miteinander tuschelten, wandte Rhydian nicht den Blick von Delaney. „Ich werde es versuchen. Mehr kann ich im Moment nicht versprechen."

Sie legte die Arme um seinen Hals und lehnte sich an ihn. Ihr Duft und ihre Wärme halfen ihm, sich weiter zu beruhigen. „Ich werde dich daran erinnern. Sonst schließe ich mich wieder irgendwo ein und schicke dir eine neue Nachricht, bis du zustimmst."

Er hob eine Augenbraue. „Du hast gesehen, wie ich diese Tür eingetreten habe, oder?"

Delaneys Mundwinkel hob sich. „Nun, das Gute an Snowridge ist, dass es größtenteils im Berg liegt. Ich bin sicher, ich kann eine Tür verstärken, und du kannst nicht durch eine massive Felswand brechen, ohne wer weiß wie viele Räume und Wohnungen zum Einsturz zu bringen."

Er schlang seine Arme um ihre Taille und senkte den Kopf näher zu ihrem. „Vielleicht gibt es ja geheime Tunnel, von denen du nichts weißt."

„Gibt es die?"

Er grinste. „Das verrate ich nicht."

Bevor seine Gefährtin noch mehr einwenden konnte, küsste er sie. Selbst jetzt, wo sie doch nur versuchte, sich für ihn einzusetzen und ihn zur Vernunft zu bringen – ja, Vernunft, auch wenn Rhydian das noch nicht zugeben würde –, öffnete sie den Mund und ließ es zu, dass er sie leckte und knabberte und Mund und Lippen liebkoste, bis sie beide atemlos waren. Als er sich schließlich zurückzog, keuchten beide und starrten einander mit erhitztem Blick an.

Delaney sagte: „Wenn du einverstanden bist, nach unserer Heimkehr um Hilfe zu bitten, könnte ich dich vielleicht ein wenig belohnen."

Er schmiegte sich an ihre Wange. Ach, ja?"

„Einige andere sind bereits gegangen, um genau das mit ihren Gefährten zu tun."

Ein kurzer Blick sagte ihm, dass er und Delaney, zusammen mit Teagan und Aaron die letzten im Raum waren. „Ich glaube, wir haben noch eine Stunde, bevor du zu Dr. McFarland musst. Das sollte dir einen guten Vorgeschmack auf das geben, was ich für später geplant habe."

„Später, wie?"

Er hob Delaney in seine Arme und trug sie geradewegs aus dem Raum. „Heute ist die letzte ganze Nacht, die wir hier haben, ohne Verpflichtungen. Also, ja, ich habe vor, das Beste daraus zu machen."

Und Rhydian tat genau das – neckte seine Gefährtin, bis sie seinen Namen mehrmals schrie.

Kapitel Elf

Am folgenden Abend tat Arabella vom vielen Lächeln das Gesicht weh.

Finn hatte darauf bestanden, dass sie beide jeden einzelnen Gast persönlich begrüßten, der hereinkam. Das bedeutete auch, dass sie sich als Gastgeberin charmanter geben musste, als sie normalerweise war.

Nicht dass Arabella manchmal nicht auch gern lächelte, aber sie war nicht so charmant wie ihr Gefährte. Mit so vielen Leuten zu reden und über längere Zeit fröhlich zu wirken, laugte sie aus wie nichts sonst.

Oder besser gesagt: fast nichts. Der Gedanke daran, wie Finn sie am Strand genommen hatte, blitzte in ihrem Kopf auf.

Ihr Drache lachte. *Das sollten wir öfter tun. Finn hat gesagt, er hilft uns so viel wie nötig mit unserer Geilheit.*

Natürlich hat er das, antwortete Arabella trocken.

Als sie zu Finn aufsah und er ihr sofort

zuzwinkerte, wurden ihre Wangen warm. Sie freute sich ein wenig darauf, wenn morgen alle wieder abreisen würden und sie und Finn vor seiner geplanten Vasektomie noch einen letzten Nachmittag nackt miteinander verbringen konnten.

Und so schwierig es auch sein würde, ihren Mann sich danach erholen zu lassen – sie wäre unglaublich erleichtert. Fast so erleichtert wie in ein paar Wochen, wenn sie endlich herausfinden konnten, ob sie ein Kind oder mehrere erwarteten.

Bitte nur eines, flehte sie innerlich.

Als das letzte Paar sich von ihnen verabschiedete und sich im Palas seinen Platz suchte, seufzte Arabella. „Ich hätte nicht gedacht, dass Aimee kommt“, sagte sie leise. „Aber ich hatte gehofft, dass sie wenigstens das Angebot annimmt, in einem der Räume im ersten Stock zu essen, mit Blick auf den Saal. Dann wäre sie zumindest ein bisschen dabei gewesen.“

Finn legte einen Arm um ihre Taille und führte sie zu den vorderen Tischen, wo die Clanführer und ihre Familien saßen. „Eines Tages, Liebes. Eines Tages wird sie bereit sein.“

Arabella nickte. Einen Moment lang genoss sie einfach den Trost seiner Berührung, bevor Finn ihr half, sich zu setzen, und anschließend zur Bühne ging. Als er pfiff, wurde es im Saal ruhiger. Oder zumindest so ruhig, wie es in Lochguard eben werden konnte, das hieß, einige Leute flüsterten weiterhin miteinander.

Da die Übeltäter Meg Boyd und ihre beiden

Liebhaber waren, ignorierte Finn sie einfach. Er wusste genau, dass Meg sofort ein Drama veranstalten würde, wenn er sie vor allen ansprach.

Schließlich begann er zu sprechen. „Danke, dass ihr alle heute Abend gekommen seid! Lochguard hat unsere Gäste willkommen geheißen, und darauf könnt ihr stolz sein.“ Einige Jubelrufe ertönten, bevor es wieder ruhiger wurde. „Natürlich haben wir wichtige Dinge besprochen. Aber wir haben außerdem mehrere Möglichkeiten gefunden, wie unsere Clans sich künftig besser kennenlernen können. Deshalb werden wir die Tradition fortsetzen und solche Treffen auch auf dem Land anderer Clans veranstalten. Das nächste wird in Stonefire stattfinden. Neben den Clanführern werden auch einige Mitglieder aus jedem Clan zur Teilnahme ausgewählt. Weitere Details dazu folgen in den nächsten Wochen. Aber das liegt noch in der Zukunft. Heute Abend wollen wir einfach feiern und unseren Gästen zeigen, dass Lochguard weiß, wie man Spaß hat, aye?“

Wieder brandete Jubel auf. Finn schmunzelte, verließ die Bühnc und setzte sich neben Arabella.

Kaum hatte er Platz genommen, meldete sich Bram zu Wort. „Du hast deine Sache gut gemacht. Aber mein Ziel ist es jetzt, dich beim Treffen in Stonefire in jeder Hinsicht zu übertreffen.“

Arabella verdrehte die Augen. Finn hingegen ließ das natürlich nicht auf sich sitzen. „Du kannst es ja versuchen. Aber Stonefire ist ein viel steiferer Haufen, aye? Ich bezweifle, dass die anderen

Clanführer und ihre Familien dort so viel lachen werden wie hier.“

Bram zuckte mit den Schultern. „Ich glaube nicht, dass sie aus Freude lachen. Eher aus Höflichkeit, obwohl sie genervt sind.“

Evie begegnete Arabellas Blick und verdrehte die Augen. Dann grinsten beide einander an.

Scheinbar kehrten ihre Gefährten zu ihren Zänkereien zurück.

Arabella störte das nicht. Sie hatte Freunde um sich – alte und neue – und konnte ihren Gefährten Bram so lange aufziehen lassen, wie er wollte.

Sie ignorierte die beiden Männer, drehte sich zu Delaney auf ihrer anderen Seite und begann mit ihr zu sprechen. Zwischendurch unterhielt sie sich auch mit Caitlin und Aaron, mit Evie und sogar mit Honoria, wann immer sich die Gelegenheit ergab. Sie hätten die Gefährtinnen der Clanführer zusammensetzen sollen.

Während sie zusah, wie alle redeten, lachten und sich amüsierten, wurde Arabella ganz warm ums Herz. Nicht nur war Lochguards erstes großes Treffen ein voller Erfolg gewesen – auch zwischen ihr und ihrem Gefährten war wieder alles im Lot. Und als zusätzlichen Bonus hatte sie neue Freundinnen gefunden, die genau verstanden, dass die Belastungen und Herausforderungen eines Clanführers nur dessen Gefährtin wirklich nachvollziehen konnte.

In Zukunft würden sie sich viel stärker aufeinander verlassen, um einander zu helfen, wenn es nötig war – und um gemeinsam dafür zu sorgen, dass ihre Clans und ihre Familien die bestmögliche Zukunft hatten.

Alles war so anders als noch vor ein paar Jahren, als Arabella allein und isoliert gewesen war. Doch jetzt freute sie sich auf die Zukunft. Und darauf, wie viel enger die Drachenclans noch zusammenwachsen konnten.

Epilog

Ein paar Wochen später

Finn saß neben Arabella, die auf der Untersuchungsliege halb saß, halb lag, während Logan Lamont den Ultraschallkopf über ihren Unterleib bewegte.

Sowohl er als auch Arabella warteten mit angehaltenem Atem darauf zu erfahren, ob sie diesmal nur ein Kind bekamen oder mehr.

Um Arabellas willen hoffte Finn auf eines.

Sein Drache meldete sich. *Egal wie viele Kinder es sind, wir werden mehr helfen. Dann wird Ara nicht so gestresst sein.*

Aye, aber eines wäre am einfachsten. Und nach allem, was wir seit meiner Ernennung zum Clanführer durchgemacht haben, wäre es schön, wenn einmal was zu unseren Gunsten liefe.

Sein Drache schnaubte, während Finn versuchte, das Bild auf dem Monitor zu verstehen. Für ihn sah es allerdings nur wie ein Haufen undeutlicher Flecken aus.

Schließlich drückte Logan einen Knopf, das Bild blieb stehen, und er lächelte sie an, während er auf einen Punkt auf dem Bildschirm deutete. „Seht ihr das hier? Diesmal nur eines, aye?"

Beide atmeten gleichzeitig erleichtert auf.

Angesichts der Nachricht, dass sie nur ein Kind erwarteten, und der Tatsache, dass Finn inzwischen seine Vasektomie hinter sich hatte, hoffte er, dass Arabellas Sorgen nun endlich vorbei waren. Zumindest fürs Erste.

Logan säuberte das Gerät und Arabellas Bauch, bevor er aufstand und ihnen zulächelte. „Ich lasse euch zwei ein paar Minuten allein. Für mich sieht alles gut aus, aber Dr. McFarland kommt gleich nochmal vorbei und schaut es sich sicherheitshalber selbst an."

Damit verließ der Pfleger den Raum. Finn sah Arabella endlich in die Augen.

Sie lächelte und drückte seine Hand. „Nur eines, Finn. Das schaffe ich, glaube ich."

Seit Kaylee engagiert worden war, um mehrmals pro Woche ein paar Stunden am Tag bei den Drillingen zu helfen, lächelte Arabella deutlich öfter. Außerdem nutzte sie einen Teil ihrer freien Zeit für Videokonferenzen mit den Gefährtinnen der anderen Clanführer – plus Honoria Wakeham

–, bei denen sie Pläne schmiedeten, wer wusste welche.

Aber es machte seine Gefährtin glücklich. Und das war alles, was für ihn zählte. „Aye, noch eines“, sagte er. „Jetzt müssen wir nur noch warten, ob es ein Junge oder ein Mädel wird.“

„Wenn es ein Junge wird, tut mir Freya leid. Drei Brüder – selbst wenn einer jünger ist – werden sie später bestimmt in den Wahnsinn treiben.“

Finn machte sich oft Sorgen, dass seine Tochter eines Tages in Schwierigkeiten geraten könnte. Aber hier, in diesem Moment, wollte er sich darüber keine Gedanken machen. Für graue Haare hatte er später noch genug Zeit.

Stattdessen hob er Arabellas Hand an seine Lippen und küsste sie. „Sie wird ihre Cousinen an ihrer Seite haben. Und Frasers Zwillinge – die angeblich die ganze verdammte Welt retten sollen oder so.“

Weibliche Drachenzwillinge waren so selten, dass sich ganze Legenden um sie gesponnen hatten. Angeblich hatte jedes Zwillingspaar in der Vergangenheit große Heldentaten vollbracht. Ihr Vater prahlte nur allzu gern damit.

Arabella schnaubte. „Wir werden sehen. Ihre Mutter ist sehr bodenständig. Holly wird nicht zulassen, dass es ihnen zu Kopf steigt.“

Finn hob eine Augenbraue. „Aber ihr Vater? Du kennst doch Fraser. Wenn es darum geht, Unruhe zu stiften, ist er der Schlimmste, aye?“ Er strich ein paar dunkle Haarsträhnen aus Arabellas Gesicht und sagte: „Aber genug von all den anderen Kindern. Ich glaube, ich brauche noch ein paar Lektionen darin, wie man unsere eigenen richtig erzieht.“ Er senkte die Stimme. „Private Lektionen.“

Arabella verdrehte die Augen. „Abwechselnd so zu tun, als würden wir uns gegenseitig bestrafen, ist *nicht*, wie es bei Kindern funktioniert.“

Seine Lippen zuckten. „Aber es macht so viel Spaß, wenn ich dich bestrafen kann, weil du unartig warst.“

Arabellas Wangen wurden rosa. „Finn, Layla wird jeden Moment hier sein.“

„Ich rede von später.“

Doch bevor seine Gefährtin so tun konnte, als würde sie sich dagegen sträuben – er wusste genau, dass sie sich für ihren freien Nachmittag mit ihm verdrücken wollte –, kam Dr. Layla McFarland herein und sprach mit ihnen über den Ultraschall.

Und sobald sie fertig war, brachte Finn seine Gefährtin tatsächlich an einen privaten Ort und feierte einen der vielen Vorteile des Treffens, das sie organisiert hatten: Er hatte jetzt mehr Zeit, die er mit seiner Gefährtin verbringen konnte.

Bücher von Jessie Donovan

Die Stonefire-Drachen

Dem Drachen geopfert

Den Drachen verführen

Die Drachen offenbaren

Den Drachen heilen

Den Drachen wiedererwecken

Vom Drachen geliebt

Dem Drachen ergeben

Vom Drachen geheilt

Dem Drachen helfen

Den Drachen finden

Vom Drachen ersehnt

Den Drachen überzeugen

Vom Drachen geschätzt

Dem Drachen Vertrauen - erscheint demnächst

Lochguard Highland Drachen

Das Dilemma des Drachen

Der Drachenwächter

Das Drachenherz

Der Drachenkrieger

Die Drachenfamilie

Die Entdeckung des Drachen

Das Streben des Drachen

Das Drachenkollektiv

Die Chance des Drachen

Die Erinnerung des Drachen - erscheint demnächst

Stonefire Drachen Universum

Skyhunter gewinnen

Snowridge Verwandeln

Die Gefährten der Tahoe-Drachen

Die Wahl des Drachen

Das Bedürfnis der Drachenfrau

Ein Drache zum ersten, zum zweiten…

Die Bürde des Drachen

Die Schwäche des Drachen

Der Fund des Drachen

Die Überraschung des Drachen - erscheint demnächst

Die Zusammenkünfte der Drachenclans

Sommer in Lochguard

Über die Autorin

Jessie Donovan hat mehr als eine halbe Million Bücher verkauft, Hunderttausende weitere kostenlos an ihre Leser*Innen verschenkt und es sogar auf die Bestsellerlisten der *NY Times* und *USA Today* geschafft. Sie ist vor allem für ihre Drachenwandler-Serie bekannt, schreibt aber auch über Elfenhexen, Vampire, Alien-Krieger und hat sogar eine verrückt-komische Liebesromanreihe aufgelegt, die in Schottland spielt. Wenn sie nicht gerade ein Buch liest, auf ihrem Laufband joggt oder mit nur wenigen Groschen in der Tasche durch ein fremdes Land reist, findet man sie oft auf Facebook oder TikTok, wo sie mit ihren Lesern interagiert. Sie lebt in der Nähe von Seattle. Dort regnet es zwar oft, doch der Regen macht auch alles grün.

Besuchen Sie ihre Website unter: www.JessieDonovan.com

www.ingramcontent.com/pod-product-compliance
Lightning Source LLC
LaVergne TN
LVHW090613110826
845146LV00001B/375

9798891561021